集英社オレンジ文庫

猫びたりの日々

猫小説アンソロジー

赤川次郎
椹野道流
櫻いいよ
相川　真
氏家仮名子

目次

吸血鬼に猫パンチ！

赤川次郎

見せ場

少女は城壁の上に追いつめられていた。

吹きつける風が、少女の白いドレスを波うたせる。そして同時に迫りくる悪魔の黒いマントを翻(ひるがえ)らせるのだった。

「やめて……」

少女の震える声は風で吹き散らされてゆく。

「お願い……。来ないで……」

もう逃げ道はない。

勝ち誇って迫る吸血鬼の毒牙から逃れようとすれば、この城壁から身を投げるしかない。

それは「死」を意味する。

死か、あるいは吸血鬼の恐ろしい牙に身を任せるか……。

「ああ、神様！」

と、少女は叫んだ。

「助けは来ないぞ」

と、吸血鬼はニヤリと笑った。

「もう観念しろ。――お前は俺のものだ！」

長い指が少女に向かって――。

そのときだった。

少女と吸血鬼の間に、何かが飛び込んで来た。黒い塊のようなそれは――黒々とした毛のつややかな黒猫だった！

フーッと唸り声を上げると、黒猫は吸血鬼に向かって身構えた。吸血鬼がハッとして動きを止める。

黒猫の緑色の眼が、じっと吸血鬼を見つめると、突然甲高い鳴き声を上げて、前肢の鋭い爪が吸血鬼の脚を引っかいた。

「やめろ！」

と叫ぶと、吸血鬼は、

「おのれ！　お前のことは諦めんぞ」

と言い捨てて、身を翻した。

少女は崩れるように座り込んで、

「ありがとう！　私を救ってくれて！」

と、目の前の黒猫に語りかけた。

「お前はどこから現れたの？」

しかし、黒猫は吸血鬼が去ると、もはや少女のことにも全く興味をなくした様子で、そのままタッタッと歩み去ってしまった。

「忘れないわ！」

と、少女は叫んだ。

「私は助けてくれた恩を、一生忘れずにいるわ！」

――エリカは、隣の席でウトウトしている父、フォン・クロロックを肘でつついた。

「うん？」

クロロックが目を開いて、

「もう終わったのか？」

「まだだけど――」

と、エリカは声をひそめて、

「居眠りしちゃ失礼でしょ。この後、スピーチ、頼まれてるのに」

「なに、半分眠っていたが、半分は起きとる。ちゃんと場面は分かっとったぞ」

と言うと、クロロックは大きな欠伸をした。

新作映画「吸血鬼vs狼男」のプレミアに、クロロックと神代エリカ親子は招待されていた。

客席は女の子が八割方で、「キャー」という悲鳴はほとんど起きず、にぎやかな笑い声がしばしば客席を満たしていた。

ホラー映画で、笑いばかりが起きるのでは困るような気が、エリカにはしたが、いざ映画が終わると、盛大な拍手が空間を埋めたのだった。

「面白い反応だね」

エリカと並んで座っている友人の大月千代子が言った。

「ねえ。ちっとも怖がってない」

「今どきの若い子は、何でも笑い飛ばしちゃうのが好きなのよ」

と、千代子が言うと、その隣の橋口みどりが、

「そうじゃないわよ」

と、意見を述べた。

「みんなお腹が空いて、早く食事したいから、終わって喜んでるのよ」

「みどりじゃあるまいし」

——プレミアの常で、主演したスターが挨拶に出て来る。

若い恋人同士を演じた男女のスターが、大きな拍手をもらっている。

そして——吸血鬼役を演じたのは、舞台のベテラン役者で、普通のスーツで現れた。

最後に、クロロックが登場。

「本家、トランシルヴァニアご出身でいらっしゃる、フォン・クロロック様です！」

と、司会の男性が紹介した。

マントを翻して、クロロックが現れると、客席からは、

「似合ってる！」

と、女の子の声が飛んで、クロロックはそれに答えるように、マントをサッと広げて見せた。

拍手が起こる。——エリカは恥ずかしくなって、目を伏せてしまった。

「吸血鬼も狼男も熱演だった」

と、クロロックはマイクに向かって言った。

「しかし、考えてみれば、吸血鬼は可哀そうな存在だな。苦手なものが多すぎる。そうで

はないか？」

と、客席を見渡すと、

「まず、昼間は棺の中で眠っていなければならない。あんな狭い所で、さぞ窮屈だろう」

笑いが起こった。

「十字架に弱い。聖水をかけられると、やけどする。ニンニクが苦手だ。水をかけられるのもだめ。それだけではない。一度その家の主に招待されないと、忍び込むこともできない。普通の人間がそんなことになったら、人権侵害だな。加えて、この映画で初めて知ったことだが、どうやら吸血鬼は猫にも弱いとみえる。これは新説かもしれんな。いずれにしろ、この世は吸血鬼にとって住みにくくなっておる」

聞いていて、エリカはふき出しそうになってしまった。

客席の誰も——千代子とみどりを除けば——今、本物の吸血鬼が話しているのだとは思うまい。

クロロックの話は大いにうけて、プレミアは終わった。

「——私、父を待ってるから」

と、エリカは言った。

「じゃ、今日はありがとう」

と、千代子が言って、みどりを促した。

「え?」

と、みどりが不服そうに、

「晩ご飯は?」

と言った。

「映画見ただけでいいじゃない」

と、もめていると、

「——失礼します!」

と、スーツ姿の女性が小走りにやって来た。

「あ、宣伝の——」

と、エリカが言った。

「はい。〈M映画社〉の宣伝担当の西野加江(にしのかえ)といいます。今日はクロロック様においでいただいて……。お嬢様でいらっしゃいますね」

「エリカです」

「お隣のホテルで、ささやかですが打ち上げをいたします。軽食の用意もございますのでぜひ——」

軽食のひと言で、みどりの目の色が変わったのは言うまでもない。

そして、当然のことながら、エリカの「ご友人様」として、千代子、みどりも同行して、映画館から道一つのNホテルへと向かったのである。

「ささやか」なはずの打ち上げだったが、ホテルの宴会場を使って、立派なパーティだった。

立食形式ではあるが、料理も「軽食」とは言えない量で、みどりは、会場へ入るなり、張り切ってスカートを緩めた……。

「では出演者、並びに監督をご紹介しましょう！」

司会をしているのは、ＴＶのバラエティ番組で顔を見る女性アナウンサーだった。

食事に入る前に、各々飲み物のグラスを手にしていた。壇上の面々を眺めて、

「知らん顔ばかりだな」

と、クロロックが呟いた。

エリカはちょっと父をつついて、

「失礼よ！　さっきステージで並んでたじゃない」

「チラッとしか見なかった。画面ではもう少し美しいがな」

「そりゃそうでしょ。一応今人気のトップスターよ」

「グレタ・ガルボには負ける」

と、クロロックが言った。

「主演のお二人です！　アンジュさん！」

拍手が起こり、前へ進み出たのは、端整な顔立ちの男性。クロロックは、

「フランス人か？」

と、エリカに訊いた。

「アンジュっていう芸名なの。最近は〈山田太郎〉とかいう名前は少ないのよ」

「そして、ヒロイン、浜辺リサちゃん！」

城壁で吸血鬼に追い詰められていた白いドレスの美少女は、やや役柄に近いイメージのワンピースで立っていた。

「確か、まだ十九だよ」

と、エリカが言った。

クロロックはちょっと眉を寄せて、浜辺リサを見ていた。

「――どうかしたの？　あんまりジロジロ見てるとお母さんにばれるよ」

「いや……。スカーフで隠れているが、首筋に傷があるようにみえる」

「まさか、吸血鬼はかみついてないよ」

「分かっとる」

そして、吸血鬼役の役者が紹介された。

中年の渋い紳士で、もちろん今は地味なスーツ姿だった。

「吸血鬼役、坂口栄二さんです！」

舞台で長いキャリアのある役者は、黙って一礼しただけだった。

「そして、もう一人……。あら、いらっしゃいませんね」

と、司会の女性が言った。

「狼男役の……。狼男はどこに行ったんでしょう？」

わざとらしい口調は当然のごとく、仕掛けられたハプニングを——。

「グオーッ」

と、唸り声を上げて、映画のメイクのままの狼男が会場へ飛び込んで来た。

笑いと拍手が会場を包んだ。

クロロックは苦笑して、

「あれは映画のオリジナルだな。人間の顔をした狼の方がずっと怖い」

「でも、あのメイクは凄いね」

顔全体が毛で覆われて、カッと見開いた両眼は真っ赤だった。

そして何よりその身の軽さで、みんなをびっくりさせた。テーブルの上へ飛び上がると、他のテーブルを次々に飛び回る。

「確か、オリンピックの体操選手だよ」

と、エリカは言った。

「凄いですね！　狼男役の森克也さんです！」

と、司会者が言うと、狼男は壇上へと飛び上がり、さらに拍手が盛り上がった。

「──食事、まだ？」

と、みどりが呟いた。

傷

「大変だね」

と、エリカは言った。

「スターは食べることもできない」

打ち上げのパーティは、やっとみどり待望の食事タイムに入っていた。

エリカとクロロックも少しは皿に取って食べたが、みどりに負けない勢いで食べまくっている人たちがいて、つい遠慮してしまう。

「――召し上がっておいでですか？」

宣伝の西野加江が気にしてエリカたちの方へやって来た。

「ご心配なく」

と、クロロックは微笑んで、

「料理がむだになることはなさそうだ」

「映画のスタッフの若い人たちは、こんなホテルの料理なんか、食べたことがないんで……」

「なるほど」

「アンジュさんたちも、食べていられません。取材と写真がパーティの目的ですから」

スターの一人一人を、取材陣が取り囲んでインタビューや写真撮影が入れ替わり立ち替わり。

「ところで——」

と、クロロックが言った。

「あの映画に出て来た黒猫は本物かな?」

「そうですね……。その件は秘密になっているんですけど、たぶんCGじゃないでしょうか。猫は思い通りに動いてくれませんから」

「なるほど。しかし、とてもリアルな猫だったな」

そのとき、取材陣に囲まれた少女——浜辺(はまべ)リサの所で、騒ぎが起きた。

「どうしたのかしら。失礼します」

と、西野加江が人をかき分けて行った。

「リサさん! しっかりして」

エリカがついて行って覗（のぞ）くと、ヒロインの浜辺リサが、加江の腕の中で、ぐったりしている。

「貧血でしょう。控室へ――」

「任せなさい」

クロロックがフワリとリサの体を抱き上げると、人々の間をすり抜けて行く。

何かある。――エリカは、その父の様子がただごとでないのに気付いていた。

控室には誰もいなかった。

「バスルームもあるのだな」

「ここは楽屋としても使うので」

と、加江が言って、

「あの――救急車を呼びましょうか」

「それでは間に合わん」

「は？」

「いいか。ここは私を信じて任せてくれ」

と、クロロックは言って、

「エリカ、お前も一緒にバスルームへ入れ」

「うん。──西野さん、父を信じて。父には特別な力があるの。大丈夫だから」

「はあ……」

そう言われても、わけの分からない加江は呆然としているばかり。

エリカはバスルームに入ってドアを閉めた。

「どうなってるの?」

「首の傷だ」

「傷が何か──」

「ワンピースを脱がせ。胸の辺りまで肌を出すのだ」

「分かった」

クロロックの表情は緊迫していた。

エリカはリサのワンピースを脱がせると、上半身を裸にした。

クロロックは、スカーフを外して、首の傷を見ると、

「間に合えばいいが」

と言うなり、リサの首の傷に口を押し付けた。

エリカもびっくりした。

クロロックはリサの血を吸い出しているのだ。口に含むと、傍のシャワールームの床へ

と吐き出した。

　たちまち血が広がる。

　何度かくり返すと──リサが深く呼吸した。

「よし！　──悪いものはほぼ吸い出した」

　と、クロロックは息をついた。

「お父さん。口の周りが血だらけ」

「うむ。このままでは本物の吸血鬼と思われてしまうな」

「本物でしょ」

　ややこしい話はともかく、エリカがリサにワンピースを着せている間に、クロロックはシャワールームの床の血を洗い流し、洗面所で口の周りの血を落とした。

「やれやれ。──女の子の血を吸ったのは久しぶりだ」

「何か毒が？」

「傷口から錠剤のようなものが押し込まれていたのだ。それが少しずつ血に溶けて、体に回ろうとしていた」

　リサが目を開けて、

「私……どうしたの？」

と、呆然としている。

「気分はどう？」

と、エリカはリサを支えて立たせた。

「ええ……。少しめまいがするけど……。ひどく苦しかったの。体がこわばるようで……。でも、それはもう何ともない」

「良かった！　西野さんが心配してるわ」

バスルームを出ると、加江が床に膝をついて、祈っているところだった。

「神様、仏様、リサちゃんをお救い下さい……」

「もう大丈夫よ」

と、リサが笑顔になって、

「打ち上げの会場へ戻りましょう！」

「少し貧血気味だから、何か食べた方がいいと思うぞ」

と、クロロックがリサの肩をやさしく叩いた……。

「どういうつもりなの！」

涼子の声が鋭く夫・クロロックに突き刺さった。

「何もしとらんぞ。どうしてそんなに怒っとるんだ？」

と、クロロックも面食らっている。

「あの子の証言があるわよ！」

涼子がＴＶで再生したのは、〈吸血鬼vs狼男〉プレミアのワイドショー報道。

インタビューのマイクを向けられた浜辺リサが（立ち直った後のことだ）、共演者についての印象を訊かれて、その答えの最後に、

「あと、共演者ではありませんが、ステージで一緒に挨拶して下さった、フォン・クロロックさんが、本当にやさしい、すてきな方でした。それをぜひ申し上げたいと……」

そのワイドショーをわざわざ録画した涼子にも、エリカはびっくりしたが、

「この子が、どうしてあなたのことを、こんなに――」

と、涼子がかみつきそうな様子なので、

「お母さん、心配しないで」

と、エリカは言った。

「リサちゃんが貧血を起こしたとき、お父さんが元気づけてあげたの。それだけよ」

涼子は、それでもブツブツ言っていたが、

「いいわ。その代わり、今度の日曜日は、私たち夫婦だけのために空けておくのよ」

と、命令した。

やれやれ。――夫婦だけの時間、ということは、虎ちゃんの面倒をエリカが見なくてはならないのだ。つい、ため息も出る。

「――いや、助け舟をありがとう」

と、クロロックはエリカと二人になったときに言った。

「でも、お父さん。あれですんだわけじゃないよね」

「あの浜辺リサに傷を負わせ、毒物を仕込んだ犯人のことか」

「もちろん。あれがうまくいかなかったら、また他の手を考えるかも」

「その心配はある」

と、クロロックは肯いて、

「しかし、私は何しろ〈妻〉という絶対的な支配者の下にいるのでな」

「情けないこと言わないでよ」

と、エリカは苦笑して、

「あの映画の舞台挨拶がもう一度あるんでしょ?」

「ああ。公開初日だ。しかし、どうしても出なければいかんというわけでは……」

「お母さんにリサちゃんを紹介してあげればいいよ。親しくなれば、お母さんだって、変に気を回したりしないから」

「それはそうだな。しかし……」

「虎ちゃんは私が見てるから大丈夫」

エリカとしては大サービスだった。

エリカは、自分の部屋へ入ると、あの映画の宣伝担当、西野加江に電話した。

そして、「家庭の事情」について、ごく簡単に説明してから、

「そういうわけで、今度の公開初日ですが、うちの父だけでなく、〈ご夫妻〉としてご招待いただけるとありがたいんです」

「ええ、そんなこと、お安いご用ですわ」

と、加江は快く言って、

「今夜にでも招待状をお届けします」

「どうかよろしく」

礼を言って、エリカはホッと息をついた。

「本当に世話が焼けるよ……」

つい、グチが出てしまうエリカだった。

「でも……これじゃすまないよね」

浜辺リサに傷を負わせたのが誰なのか、調べる必要がある。

リサ当人に訊いても、本当のことは言わないかもしれない。

何といっても、あの首筋の傷は、誰かが首にキスしてつけたとしか思われない。リサにそういう恋人がいるのかどうか。

加江にこっそり訊いてみるのがいいかもしれない。

「あの共演者の中の誰か?」

可能性はあるだろう。何といっても、年齢に幅はあってもスターたちだ。

一番可能性があるのは、やはりアンジュだろう。若いし、美形で、女の子がひと目惚れしてもおかしくない。

吸血鬼役の坂口栄二? 中年だが、若い子にも人気がある。ハンサムなアンジュより、坂口の方がいいという女の子は珍しくない。

狼男? ——エリカは、あのメイクの下の顔をよく知らないのだが、いつもメイクだけで何時間もかかると聞いていた。

森克也は、五十才前後だろう。もともと役者ではないのだから、リサを誘惑しようとするのは無理があるという気がする。

もちろん、他にも——監督やプロデューサーなど、あの映画に係わった男性は大勢いるわけで、リサがひかれた男が誰であってもおかしくない……。

「でも……待ってよ」

男だけとも限らない。リサが女性に恋してるってことも、ないわけではないかも……。

ああ！　考えてるときりがない！

エリカは、いくら考えても事実が分かるわけではなく、くたびれてベッドに寝転がってしまった……。

満月の夜

「嘘みたい！」

　庭へ出ると、しのぶは思わず言った。

「これって本当の夜景？」

　と、分かり切ったことを訊いたのは、満月の月明かりがあまりにまぶしくて、昼間のように見えていたからだった。

「凄（すご）く明るいね」

　と、あまり感動している様子でなく言ったのは、しのぶのデート相手のヤスオだ。

　もともと、ヤスオはロマンチックな感覚に欠けるところがある。まあ、人はいいので、しのぶとしては不満なところには目をつぶっているのだが……。

「月が作り物みたいだわ」

　見上げる夜空に満月がみごとに輝いていた。

確かに、こんなにくっきり見えると、あれが球体だと思えない。丸く輝く板みたいだ。

「――すてきな庭ね」

と、しのぶは言った。

本当なら、夜間は入れない有名な庭園なのだが、しのぶの知り合いのお父さんがここの管理人をしていて、特別に入れてくれたのである。

散歩道は白い砂利が敷きつめられていて、今はそこも月明かりの下、道が白く光っているようだ。

「凄いね」

と、ヤスオが言った。

「手入れするのに、お金がかかるだろうな」

「――そうね」

しのぶは、ちょっと引きつったような笑みを浮かべた。

この人、美しいものに感動する心を持ってないのかしら？

二人が広い庭園のほぼ真ん中辺りに来たときだった。

「ここ、入るのにいくら取るの？」

と、ヤスオが言い出して、しのぶがため息をつく。

そのとき——何かの影が、月明かりを遮(さえぎ)って飛んだ。

「——今の何？」

と、しのぶが言った。

「え……。何だろ。——鳥じゃねえの」

「もっと大きいものだったわよ」

しのぶは周囲を見回した。しかし、庭園の中にいるのは二人だけだ。

「何だか怖いわ」

と、しのぶは言って、

「もう戻りましょ」

と、ヤスオを促した。

しかし、ヤスオは、

「せっかく入れてくれたんだぜ。ね、写真、撮ろうよ。入ったって証拠に、さ」

「そう……。じゃ、急いで撮りましょ。それで出れば——」

「OK。じゃ、自撮りにして……。もっと寄ってよ。それじゃ入らない。——うん、それじゃ撮るよ」

シャッター音がした。そのとき、何かが二人の背後を駆け抜けた。

「キャッ！」

と、しのぶは声を上げた。

「見た？　今、すぐ後ろを何かが——」

「感じたけどね。でも見えなかったよ。野良犬か何かじゃないの？」

ヤスオはのんびりしている。

「行きましょう、早く！」

しのぶが庭園の出入口へと小走りに向かった。

「おい、待てよ！　そんなに急がなくたって——」

と、ヤスオが追いかける。

しのぶは、庭園に出入りする柵（さく）のある所までやって来ると、息を弾ませて、

「行くわよ、ヤスオ」

と振り返った。

しかし——ヤスオの姿はなかった。

「ヤスオ？　どこ？　——わざと隠れてるのなら、許さないからね！」

と、大声で言ったが、ヤスオはいない。

「冗談やめてよ……。ヤスオ、お願い、出て来てよ」

しのぶの声は震えていた。

すると、何かが空中を飛んで来て、しのぶの近くに落ちた。――スマホだ。ヤスオのだろう。

「え……。どうして……」

しのぶは歩み寄って、身をかがめると、そのスマホを拾い上げた。しかし、

「え？　何、これ？」

手にべっとりとまとわりつく感触があった。

思わず、拾ったスマホを投げ出した。

スマホをつかんでいた右手が、真っ赤だった。――血だ。

数秒置いて、しのぶは悲鳴を上げた。

長い、長い、サイレンのような悲鳴が、満月の夜空に響き渡った……。


「〈満月の夜の惨劇（さんげき）〉だって」

エリカが、朝刊を開いて言った。

「うむ……」

ゆっくり寝ていて、昼近くにやっと起き出してきたクロロックは、自分で焼いたトース

トを食べながら、

「確かに、ゆうべの月は普通ではなかったな」

「そんな……。月が人を狂わせるなんてことがあるの？」

「もともと、狂うべき素質を持っている者にとっては、月がきっかけになることもあろう」

「でも……男の子の首が引きちぎられてたんだってよ」

と、エリカは首を振って、

「凄い力だよね」

「それこそ狼男の出現か」

「記事にもそう出てる。――映画の宣伝か、なんてひどいこと、書いてあるよ」

「若い男の子なのだろう？」

「まだ二十才（はたち）だって。一緒にいた女の子は、しばらく悲鳴を上げ続けてたらしいよ」

「女の子はやられなかったのか。良かったな。何かを見たのか？」

「チラッと影を目にしただけらしい。警察は付近を捜索しているって。――まさか空を飛んでったんじゃないよね」

「吸血鬼じゃあるまいし」

とクロロックは真顔で言って、コーヒーを飲んだ。

そこへ、

「あなた!」

と、涼子が甲高い声を上げて、やって来た。

「何だ？　何かあったのか？」

クロロックは、若い奥さんに叱られるのが一番怖い。思わず腰を浮かしたが——。

「これ、どう？　似合うかしら？」

涼子がサッと真っ赤なドレスを取り出して、体に当てて見せた。クロロックは面食らって、

「ああ……。もちろん似合っとるが……。どこへ着て行くんだ？」

「いやね!　何言ってるの？　映画の公開初日に招待されてるじゃないの」

「ああ、そうか」

初日は明日だ。しかし、涼子は別に舞台挨拶するわけではない。

だが、そこはクロロックも愛妻の扱いには慣れている。

「明日舞台に出るスターたちは可哀そうだな。どう見ても、お前の方が目立っている」

「そうかしら？　あんまり目立っちゃ申し訳ない？」

「構うものか！　美しさばかりは変えられない」

涼子がクロロックに抱きついてキスする。

「ウワー」

と、虎ちゃんが声を上げて、スプーンでテーブルを叩いた。

やれやれ……。

エリカはキスする二人から目をそらした。

心配になっていることがある。

あの浜辺リサの、首の傷のことだ。

しかし、人気者のリサは多忙で、エリカもゆっくり話す機会がない。

「明日は、千代子とみどりが虎ちゃんを見ててくれるって」

と、エリカは言った。

「あら、そうなの？」

涼子がちょっとつまらなそうに、

「じゃ、エリカさんも一緒に来たらいいわ」

「ボディガードにね」

邪魔はしないよ、というつもりで言うと、

「それじゃ、エリカさんは普段着でいいわね。何ならパジャマにする?」

と、涼子が真顔で言った……。

緑の眼

「これはどうも」

と、クロロックと握手したのは、〈吸血鬼vs狼男〉の監督、迫田順治だった。

四十代の働き盛り。TVドラマの仕事も多く、映画でもテンポの速さと音楽の使い方はTV的と言われる。

それでも、中世ヨーロッパ風の雰囲気がうまく表現されているのは、映画の世界に長いカメラマンや照明の力が大きかったようだ。

舞台挨拶に出るメンバーは、映画館の事務室で控えている。

「クロロックさん！」

と、浜辺リサが駆け寄って、

「私、怖いわ！　あんな恐ろしい事件があって……」

と、すがりつく。

「まあ、落ちつきなさい」

この場に涼子はいないが、それでもクロロックはリサをなだめて、

「我々はちゃんと守られている」

「ええ……。でも、クロロックさんもそばにいてね」

エリカは、父についてここまで入って来ていた。もちろんパジャマではなく、パンツスーツを着ていた。

「どうも、お初にお目にかかります」

と、中年の紳士がクロロックと握手した。

「どちら様かな?」

と、クロロックは微笑んで、

「たぶん、『お初に』お目にかかるわけではないと思うが?」

「いや、さすがだ」

と、その紳士は笑って、

「狼男の森です」

「体のバネはすばらしいですな」

「恐れ入ります。しかし、とうていクロロックさんには及びません」

と、森は言って、リサに、

「リサちゃん、クロロックさんは本物の吸血鬼並みの超能力をお持ちなんだよ」

「へえ！　でも、私、クロロックさんになら血を吸われてもいいわ」

「めったなことを言うものではない」

と、クロロックがたしなめて、

「世間にはヤブ蚊が飛び回っておるからな」

エリカは聞いていてふき出しそうになった。——父からは、

「リサと仲良くなって、首の傷のことを訊いてみろ」

と言われている。

「そろそろ舞台挨拶の時間です」

と、西野加江が声をかけた。

そこへ——。

「ニャー……」

と、猫の鳴き声が聞こえて来た。

「まあ、あの猫が」

と、リサが言った。

映画に登場した黒猫だった。

「本物だったのだな」

と、クロロックが呟くように言った。

「遅くなりまして」

黒猫を抱いているのは、やはり黒のスーツに身を包んだ女性だった。

「おとなしいんですね」

と、エリカが言った。

「ええ。とてもよく人の言うことを聞きわけます。——私は佐田秀代と申します。この子は文字通りで〈ブラック〉」

黒猫はじっとクロロックを見つめていた。

スタッフが、

「では、その猫ちゃんにもステージに出ていただきましょう！」

と、声を上げた。

「一番最後に出ていただけますか」

「この子だけでは……」

と、佐田秀代が言うと、

「よろしければ、私が抱いて行こう」

と、クロロックが言った。

「ブラック君にご不満がなければな」

「それでは、よろしくお願いいたします」

と、佐田秀代がブラックをクロロックに渡した。

つややかに濡れたように光っている黒猫は、クロロックの腕の中に、静かに納まっていた。

「――まあ、珍しい」

と、佐田秀代が言った。

「めったに人になつかない猫なんですよ」

エリカは、あの黒猫に、どこか普通の猫と違うものを感じていた。エリカが感じるのだから、クロロックはおそらくもっと強く感じているだろう……。

初日の舞台挨拶(あいさつ)は、何ごともなく終わった。

今日はさすがに食事は出ない。――みどりが来ていなくて良かった、とエリカは思った。

「そちらへお返ししよう」

クロロックがブラックを秀代へ渡すと、

「クロロックさん、実は――」

と、秀代が小声で言った。

「ご相談したいことが。――もしよろしければ、この後、少しお時間をいただけないでしょうか」

「私も、お話ししてみたかった」

と、クロロックは快く肯いて、

「ただ、社長業をしておりますのでな。夕方仕事が終わってからでよろしいかな？」

「もちろんです！」

秀代はホッとした様子だった。


「よくおいで下さいました」

迎えてくれた佐田秀代は、穏やかに言って、

「どうぞお入り下さい」

――ちょっと圧倒されるような邸宅だった。

少し郊外にあるとはいえ、高い塀に囲まれた屋敷は、かなりの広さである。

「娘も一緒に伺いました」

と、クロロックが言った。

「こいつも、場合によっては役に立つことがありますのでな」

「もちろん、いらしていただいて嬉しいですわ」

と、秀代は微笑んで、

「簡単なお食事を用意させていただきました。よろしければどうぞ」

広いダイニングで、エリカたちは秀代と食事をとった。食事は、量こそ多くないものの、とても「簡単」ではない、立派な味だった。

「ヨーロッパでの暮らしが長かったのでしょうな」

と、クロロックは言った。

「ええ。クロロックさんほどではありませんが」

と、秀代は言った。

「主人がルーマニアの人でしたので。もう大分前に亡くなりましたが」

「そうですか。それで、どこか親近感を覚えるのですな」

「どうぞ、コーヒーを居間で」

食後のコーヒーを、クラシックな家具の揃った居間でもらうと、

「——ブラック君のことで、何か」

と、クロロックが切り出した。

「ええ。あの猫はとてもふしぎで、主人が亡くなって数日後に、どこからともなくやって来たのです。当時はまだドイツに住んでいたのですが……」

ブラックが、いつの間にかそこにいた。

「まるで、私のことをずっと前から知っていたかのようで、呼びもしないのに、私の膝の上にやって来て、心から安心している様子で寛ぐのです」

と、秀代は続けて、

「もちろん、主人がブラックに生まれ変わったとは思いませんが、何かふしぎなつながりを覚えて……。日本へ帰って来たときも連れて来たのです」

「お気持ちはよく分かります」

と、クロロックは肯いて、

「しかし、今は何か不安を感じておられる。そうですな?」

「ええ、それが……」

秀代は手を伸ばして、ブラックの黒い毛並みを撫でると、

「この子の眼の色にお気付きでしょう」

と言った。

「鮮やかな緑色ですな。暗がりで光に当たると緑色に光ることはあるが、これほどはっきりした緑色の眼は珍しい」

「そうなのです。でも、この子の眼が緑になったのは、ごく最近のことで」

「ほう」

「たまたま、この子をご覧になった動物プロダクションの方が、今度の映画の黒猫役にぜひと言ってこられて。——監督の迫田さんもひと目見て、すっかり気に入られて……。この一本だけということで承知したのです」

「そのことが——」

「ええ。映画のスタッフ、キャストの方たちとの顔合わせのとき、この子の眼が緑色に。ヒロイン役の浜辺リサちゃんが、『きれいな緑色の眼！』と、声を上げるのを聞いて、初めて気付きました」

「つまり——ブラック君の眼が緑になったのは、何かを感じたから。あえて言えば、危険を察知したからではないか。そうご心配なのですな」

　クロロックの言葉に秀代は肯いた。

「そうなんです。もちろん、私の直感でしかないのですが」

「人の直感は時として、どんな警告より確かです」

と、クロロックは言った。

「ありがとうございます。実は――あの庭園で起きた殺人事件ですが、あの夜、ブラックの姿が見えなかったのです」

秀代は不安げに、

「もちろん、まさか……。ブラックに、あんなことができるとは思いませんが」

「その心配はあるまい。あんな事件を起こしていれば、血の匂いをまとっているはずですからな」

「そうおっしゃっていただくと、安堵します」

「それよりも、むしろ、ブラック君は誰かの身を案じていたのではないかな」

そのとき、エリカのケータイが鳴った。

「もしもし。リサちゃん?」

エリカは向こうの話に耳を傾けていたが、

「――分かった。私もすぐそっちに向かうよ」

「浜辺リサさんからですか?」

と、秀代が訊いた。

「ええ。お父さん――」

「分かった。では一緒に出よう」

と、クロロックは立ち上がった。

ブラックの眼が緑色に怪しく光った……。

エキストラ

リサはタクシーを降りると、周囲を見回した。

月明かりはあるが、雲も出ていて、月は顔を出したり、引っ込んだりしている。

「――こんなことって……」

と、リサは呟いた。

待ち合わせた場所は、静かな公園だった。

人がいないわけではない。――散歩するカップルが、そこここに目についた。

どうして、こんな……。

リサは公園の中を歩いて行った。そっと左右を見回していたが、捜している相手の姿はなかった。

その内、すれ違ったカップルが、

「今の、浜辺リサじゃないか?」

「ねえ、たぶんそうよ」

と、小声で話しているのが耳に入って来る。

何といっても、リサはTVなどで顔を知られている。いずれ気付かれるのは当然だった。

しかも、ここに――。

「やあ、待った？」

ポンと肩を叩かれ、びっくりして振り向くと、〈吸血鬼vs狼男〉で共演したアンジュが立っている。

「あ……。どうも」

と、リサは何とか笑顔を見せたが、

「ここで良かったのかな、って心配になって……」

「いいんだよ、もちろん」

「そうですか。でも……」

アンジュはリサ以上に目立つ。――周囲で、女の子たちが、

「アンジュだわ！」

「え？　本当だ！」

と、騒いでいるのが聞こえて来た。

「あの――何かお話があるのなら、どこかよそへ行った方が……」

リサは気が気でない。もう何人かの女の子は、スマホでリサたちを撮っている。

これがばれたら。――リサはアンジュの事務所の人から文句を言われるに違いないと思った。

「人の目なんか気にすることないさ」

と、アンジュは、写真を撮られても全く気にしていない様子で、

「僕らもカップルなんだ。遠慮はいらないよ」

と言うと、いきなりリサにキスした。

「みんなが見てます！」

リサはあわてて押し戻したが、アンジュは笑って、

「そりゃそうさ。僕らはスターだからね。映画の中でもキスしたじゃないか」

「あれはお芝居でしょ。こんな所で……」

リサは、アンジュが何を考えているのか分からなかった。

呼び出されて、ここへやって来たのも、アンジュは女の子に関心がないと聞かされていたからだ。

「やめて下さい。好きでもないのに、どうして？」

と、小声で言うと、

「命令なんだ」

と、アンジュが言った。

「命令？　何のことですか？」

「君を『連れて来い』という命令でね」

「どこへ？　誰の命令なんですか？」

「支配者だ。〈闇の支配者〉だよ」

「わけの分からないこと言って！」

ムッとしたリサは、人目も構わず、

「放っといて！」

と、大声で言って、アンジュを突き離した。

周囲がざわついた。それはそうだろう。

スターがスターを拒否したのだ。そして、リサは公園の中を駆け出した。

みんながスマホで撮っていることは百も承知だ。

一体どうしちゃったの？　これって、まともじゃない！

リサは急いでケータイで、神代(かみしろ)エリカへかけたのである。

エリカがやって来てくれる！
それだけでも安心だったが……。
アンジュは追って来ないようで、リサは少しホッとした。
だが、そのときだった。明るく光っていた月を、突然、真っ黒な雲が覆ったのだ。
それは単に月が雲で隠れたというのではなかった。
辺りを一寸先も見えないほどの暗闇が包んでしまった。
そして、周囲に大勢いたはずの若者たちの声も、一切聞こえなくなっていた。
これって――普通じゃないわ。
リサは恐ろしさに凍りついた。そして実際に、凍えるような冷気が体を包み始めた。
「誰か！　誰かいないの？」
と、リサは叫んだが、その声は奇妙に反響した。
そして何かが近付いて来た。
闇の中で、姿は見えないが、地面をこするような足音と、荒い息づかいは聞こえた。
「――誰なの？　アンジュさん？　ふざけてるの？」
すると、闇の中から、
「お前を連れに来たのだ」

という声がした。

それは誰の声でもない、人間とは思えない声だった。

リサは息を呑んで、

「あなたね！　私の首を突然かんだのは」

「お前はあれで死ぬはずだった」

と、その声は言った。

「邪魔が入ったせいで、お前はまだ生きているが、今度こそは、この手でお前の命を奪ってやる」

「いやよ！　どうして私が死ななきゃならないの？」

「お前は〈死〉の花嫁になるのだ」

「何ですって？」

「さあ、私と一緒に――」

と、その声が迫って来た。

そのとき、鋭い猫の鳴き声がして、

「フーッ！」

と怒りの声を上げ、黒猫がリサの前に飛び込んで来た。闇の中でも、その姿は青白い光を放っていた。

「ブラック！　助けに来てくれたのね！」

と、リサが声を上げる。

しかし、闇の主は低い声で笑って、

「これは映画の中ではないぞ。たかが猫一匹ぐらい、ひねり殺してやる！」

闇の中に、ぼんやりと白く、人の顔らしいものが浮かび上がって来る。リサは後ずさった。

「覚悟しろ！」

と、その顔が迫って来る。

すると――ブラックが驚くばかりの勢いで、飛び上がった。そして、その「顔」の高さまで飛ぶと、鋭い爪を出した前肢(まえあし)で猫パンチを決めたのである。

「ウッ！」

その顔が歪んで、赤い血の筋が刻まれていた。

「やったね！」

と、リサが喜んで、

「ブラック、みごとな猫パンチだったよ！」

「おのれ！」

怒りに顔が真っ赤になる。

「死ね！」

と、白い手がリサの方へと伸びて来る。

そのとき、

「それまでだ！」

と、クロロックの力強い声が辺り一杯に響きわたったのだ。

「間に合った！」

辺りが一瞬で明るくなる。

「わあ！　月が輝いてる！」

と、リサは声を上げた。

クロロックが、リサのそばへ来て、

「今のは、一種の催眠術だ。――それを操っていた男がいる」

「ブラックが、猫パンチを決めました」

「うむ。奴の顔には、ブラックの爪跡が残っているだろう」

「ブラック、偉い！」

と、エリカが、つややかな黒い毛を撫でて言った。

「フニャ」

ブラックは、いささか拍子抜けしそうな声を出した。

「私がヨーロッパの古い街を歩いているシーンでした」

と、リサは言った。

「もちろん、ロケでなく、オープンセットでしたが、とてもよくできていて、石畳の道をちょっとロマンチックな気持ちで歩いていたんです。色々な国の人たちが集められて、観光客の役をつとめていました。そのとき――急に首筋に痛みが……」

「誰かにかまれたのかね?」

と、クロロックが訊いた。

「もしかしたら……。でも、そのときは蜂にでも刺されたのかと思ってました。まさか、人にかまれるなんて……」

「そう思っても無理はないな。しかし、そのとき、あんたは危うく命を落とすところだった」

「ええ、後で聞いてびっくりしました」

リサは身震いした。

「でも、クロロックさん、一体誰がリサちゃんを襲おうとしたんですか？」

と、宣伝部の西野加江が言った。

「アンジュさんも怖かったわ」

——クロロックたちは、映画館での舞台挨拶を終えて、近くの喫茶店に入っていた。

「彼も、催眠術にかかっていたのだ」

と、クロロックはコーヒーを飲みながら、

「まあ、少しボーッとしていて、かかりやすいタイプだと思うが」

「お父さん！　アンジュのファンに殺されるよ」

と、エリカが言った。

「でも、今日舞台挨拶に立った人たちの中に、ブラックの爪でけがをした人はいませんでしたね」

と、リサはホッとした様子で、

「良かったわ。あの映画の関係者じゃないってことですものね」

「そう思うか」

「え？　だって……」

「舞台に並んだ面々の中で、一人だけ、濃いメイクをしていた人間がいる」

「それって……。狼男？」

と、リサは目を見開いて、

「まさか、森克也さんが？」

「その可能性が高いと思っておった」

「お父さん――」

「しかし、彼からは、血の匂いがしなかった。猫の爪の傷は、かなり深いものだ。一日二日で、傷は治らん」

「それじゃ、一体……」

「映画はスターだけでできているわけではない」

と、クロロックは言った。

「主役、脇役の他に、その他大勢の、通行人や商店街の客たちもいる」

「エキストラってこと？」

「そのエキストラに混ざっていても、他に大事な仕事をしている者がいる。危険な撮影を、スターの代わりにこなす人たちだ」

「スタントマン……」

「そうだ。狼男は、スポーツ選手だった森が演じているので、かなりの部分、本人がやっているだろう。しかし、訊いてみると、やはり、万一事故で大けがでもされると、映画の撮影そのものがストップしてしまう。出資者からは、そんな危険をおかすわけにいかないと言われていたそうだ」

「つまり……森さんにスタントマンが付いていたの？」

「そうなのだ」

と、クロロックは言ってから、後ろの席に向かって、

「そうだろう？」

と、声をかけた。

その席の男が振り返った。

「森さん！」

と、リサはびっくりして、

「もうメイクを落としたの？」

「撮影のときとは違うから、舞台挨拶では、メイクはせずに、ゴムマスクをかぶってるだけだった」

と、森は言った。

「クロロックさん、おっしゃる通りです。僕のスタントをやってくれたのは、同じスポーツクラブの後輩でした」

「あんたは察していたのではないかな？　あの公園での殺人についても」

森は肯いて、

「彼は一時期、体操から離れて、魔術とか、そんな世界にはまっていたことがあるのです。そして、戻ったときには、人間業とは思えない動きを見せるように。——でも、それには禁止薬物が係わっていたのです」

「おそらくそうだろうと思っておった。クスリの力で、超人的な能力が発揮できる。しかし、そのクスリは当人の体を蝕んでいるはずだ。そして精神もな」

「私も、警察に話すつもりでした。あんな事件をまた起こしたら大変だ」

と、森が言ったとき、突然頭上から、

「手遅れだ！」

という声がした。

天井を見上げたリサが悲鳴を上げた。

天井にピタリと取り付いているのは、狼男だった。

次の瞬間、狼男は真下にいた森の上に落下した。

「よせ！」

と、森が叫んだ。

狼男の鋭い爪が森の首に食い込む。血がふき出した。

クロロックが狼男の上にマントを広げた。

マントの下から、不気味な呻き声が聞こえて——森が床に倒れた。

「エリカ！　救急車だ！」

と、クロロックが言った。

「分かった！」

クロロックがマントを外すと——。メイクが消えた若い男が、息絶えて伏せていた。

その頰には、ブラックの爪跡が残っていた……。


「心臓がもたなかったのだな」

と、クロロックは言った。

「お父さんがやったんじゃないの？」

と、エリカは訊いた。

「ま、多少力を貸したが。——あの男も、自分を支配している異常な闇の力から逃げたかったのだ」

　表に出て、救急車が森を運んで行くのを見送っていると、

「ニャー」

　という猫の声がした。

「あ、ブラック」

　と、リサが言った。

「助けてくれてありがとう」

　すると、

「どういたしまして」

　と、ブラックがしゃべった。

「え？」

　エリカとリサが目を丸くしていると、ブラックは素早く姿を消し、代わって現れたのは、飼い主の佐田秀代(さだひでよ)だった。

「クロロックさん、お会いできて幸せでした」

　と、秀代が言った。

「こちらも楽しかったぞ。気を付けてお帰りなさい」

「はい。それでは……」

秀代はスッといなくなってしまった。

「──あの人、どこへ帰ったの？」

と、エリカが訊いた。

「さあな」

クロロックは微笑んで、

「どこか遠い所だ。もしかすると、何百年か昔の、どこかかもしれんな」

と言ったのだった。

恋するぼくらは猫をかぶる

櫻いいよ

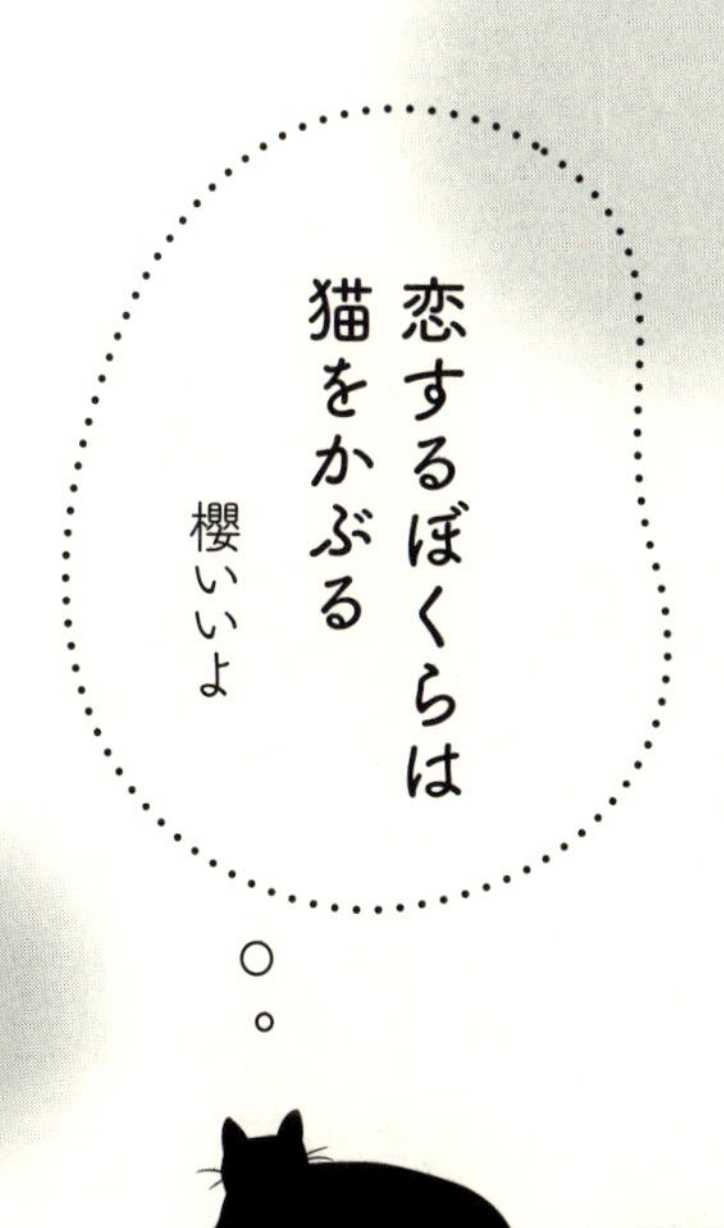

「これは浮気にほかならない！」

ぼくは全身に怒りを込めて叫んだ。その瞬間、騒がしかった病院内が心なしか、しんと静まり返ったように思う。

「それは紛うことなく浮気ね」

ふむ、とメッシュ生地の向こう側で同意したのはマダムだ。真っ白の長いふわふわの毛並みが自慢らしく、いつもすんっとおすましししている。

普段、ワンルームマンションの中が縄張りであるぼくとはちがって、マダムはこの広い、動物病院を縄張りとしている。ぼくを含めたいろんな犬猫やにんげんたちがやってくることをまったく気にしないのは、なにものにも自分の縄張りを侵されないという確固たる自信ゆえだろう。

そんなマダムは、ものすごい物知りだ。ここで働く看護師さんとかお客さん、ときには連れられてきた犬猫からいろんな情報を仕入れている。

だから、マダムに浮気だとあっさりと肯定されたことに、ぼくは内心傷ついた。本音を言うと、ジョージの考えすぎよ、と一蹴されたかった。

「でもまさか、ユージがねえ……」

マダムはそう言って、ぼくのキャリーバッグを脇に置いて座っているユージに視線を向けた。ユージはきっと、マダムに笑顔を見せていることだろう。もしくは、スマホとかいうおもちゃに夢中になっているか。

　スマホはユージのお気に入りのおもちゃらしい。スマホに向かってひとりでしゃべっているときもある。ぼくには理解できない。

「どうしたのー？　なにはなしてるのー？」

　横から声が聞こえて振り向く。ぼくのキャリーバッグは正面だけではなく横もメッシュ生地になっているので、そこにいるムッシュの顔を見ることができた。

　ムッシュは凹凸のない平べったい顔をしている、鼻息の荒い犬だ。マダムが言うにはパグという種類らしい。ちなみにマダムはペルシャ、ぼくはこの世でいちばん愛らしいと言われる雑種という種類の猫だ。サビ柄がとくに愛らしいと、ぼくの恋人――ユージ――は言っている。

「ジョージが浮気されてるのよ」

「浮気？　浮気ってこの前、マツミヤさんが言ってたあの浮気？」

　ムッシュにマダムが説明をする。

　マダムにとってムッシュは弟なんだそうだ。ここの看板猫として、看板犬の振る舞いを常日頃から教えている。ひとに嚙みつかない、ひとを敵視しない、ひとになびかない、のみっつだ。今のところ、ムッシュはまったくその教えに従っていない。誰にでも尻尾を振って近づいていく。

「浮気相手ってみんな、若くてかわいいんでしょ？　ユージの浮気相手もそうなの？」

「そんなわけあるか！　ぼくのほうがかわいいに決まってるだろ！」

牙を剝いて言い返すと、ムッシュはぽかーんとした顔になった。

いや、ムッシュはいつでもぽかーんとした間抜けな顔をしているが。

ぼくがふうふうと興奮しているのに気づいたユージが「なに怒ってんの、ジョージ」とぼくの様子を覗き込んで確認しながら間抜けなことを言う。

なにとぼけたことを言ってるんだ！　ユージがすべての原因だよ！

ぼくの飼い主――ユージの浮気が発覚したのは、数日前のことだ。

「ジョージ、おれ、彼女ができたんだ」

大学から帰宅したユージが、もともと垂れた目をより一層垂らしてぼくに言った。

ぼくがユージと共に暮らしはじめたのは、一年半ほど前になる。

どこかの庭でたくさんの兄妹と母親と一緒に過ごしていたぼくは、ある日突然ユージの家に連れてこられた。家族と離れ離れになったのがさびしくて、数日は鳴き続けていたのを覚えている。

　そのたびにユージはぼくを抱きしめた。

　そして「ごめんな」「おれが幸せにしてやるからな」「ジョージの兄弟もみんな、幸せに暮らしてるよ」と言った。みんな、ぼくにとってのユージのような存在に引き取られたんだな、と理解した。

　大学とかバイトとかでユージはよく家を出ていき、ぼくは留守番をさせられる。そのことに多少の不満はあるが、家にいるときのユージはとにかくぼくに尽くしてくれた。

　きれい好きなユージはいつもぼくの身の回りをきれいに片付けてくれるし、ほぼほぼ決まった時間にご飯をくれるし、新鮮な水も準備してくれる。退屈なときは遊んでくれたし、寒いときはぼくのためにベッドをあたためてくれる。

　どうやら料理をするのも好きらしく、自分のご飯はもちろんのこと、ときどきぼくにも手作りのご飯やおやつを作ってくれた。

　ユージが家に招いた友人たちが言うには、ユージは「几帳面(きちょうめん)で若干(じゃっかん)の潔癖症(けっぺきしょう)」とのことだ。意味はよくわからなかったけれど、なんとなくユージに似合う言葉だと思った。

　そんなユージはなかなかいい同居人だった。

　時間が経って、家族になった。家族として認めてやった。

家族というのは、一生一緒に暮らす、唯一無二の関係らしい。

家族には、〝運命の相手〟という別の言い方もあるのだと、マダムが教えてくれた。そしてユージの観ているテレビの中でも、知らないにんげんが言っていたのを聞いた。

――つまり、ぼくとユージは運命の相手なのだ。

なのに、なのに、彼女ができたとは、どういうことだ。

彼女や彼氏というのは恋人のことで、恋人というのが家族になるのだと、ぼくは知っている。そして、すでに運命の相手がいるのにもかかわらず、別の相手と恋人になることは、浮気と呼ぶのだ。

どういうことだ！

ぼくが猫だから、バレないとでも思ったのだろうか。

ぼくにはマダムという、なんでも知っている友だちがいるんだからな！

浮気の告白をしてきたユージにごすごすと頭突きをすると、「なんだよー甘えたいのか？」と撫(な)でられた。そうじゃない。

ユージはぼくを撫でながら話し続けた。

「バイト先の女の子なんだけどさ、前から気になってたんだ。飲み屋でめんどくさい客がいてもいつもにこやかに対応するんだよ、すごくないか？　見た目はキツそうな顔立ちなんだけど、でも誰に対しても笑顔でやさしいんだ」

ぼくが怒りで尻尾を荒々しく振り回していることにも気づかずに、上機嫌だ。

ぼくだって、ユージのうるさい友だちに愛想よくしてやっている。隠れたり、猫パンチしたりもしない。乱暴に触ってきても仕方なく心地よさそうに目を細めてやっている。正直言えば、ユージの相手をするのが若干面倒なときだって、ユージが落ち込むので仕方なく甘えてやったりもしている。

「勇気出して告白したら、じつは相手もおれのこと好きだったってさー。動物が好きって言ってたから、ジョージの話をしてたんだけど、そのおかげかな」

ぼくを利用しただと。

抗議を口にすると、相変わらずユージは「祝ってくれてるのか、やさしいなあジョージは」とぐりぐりとぼくの頭を撫で回す。

そんなことでぼくの機嫌はなおらないんだからな！

「で、実はこれからその彼女が家に来るから。ジョージも楽しみだろ」

楽しみなわけがあるか。

朝からいつもよりも念入りに掃除（そうじ）をしていたのは、ひとを招くからだったらしい。友だちが家に来るときも片付けはしていたけれど、今回はなんだかちょっと違うな、とは感じていた。

まさか彼女という浮気相手のためだったなんて。

怒りを伝えるためにユージの膝から降りてやった。そしてそそくさとタワーをのぼり、ユージが手出しできないぼくだけの聖域であるハンモックでくるりと体を丸める。

そのとき、家のチャイムが鳴った。

音のする方に耳だけを向けていると、ユージが出迎えるのがわかった。

「いらっしゃい、奈菜(なな)」

「お邪魔しますー」

メスの声がして、我慢できずに視線を向ける。

浮気相手はいったいどんな奴だ。

ユージのとなりにいるメスがぼくを見た。ユージよりもずっと長い、茶色の毛をしたにんげんだ。ユージよりも小さな体なのに、吊り目のせいか、威圧感があった。

——只者(ただもの)じゃないぞ、こいつ。

警戒心が溢(あふ)れてハンモックから飛び出し、全身に力を込めメスのにんげんを威嚇(いかく)する。

「なに怒ってんだ、ジョージ」

そんなぼくをまったく気にしないで、ユージは近づいてきてぼくをひょいっと抱きかかえた。そして、メスのにんげんに顔を近づける。

なんだか臭いんだけど、こいつ！　なんかいやな臭いがするんだけど！

顔を顰めて体を捩るけれど、ユージはぼくを放さない。

「このサビ猫はジョージ。かわいいだろ？」

「……あー、うん」

ナナとやらは顔を引き攣らせて言った。

ぼくにはわかる。ナナというにんげんは、ぼくをかわいいと思っていない。

なんて失礼なやつだ。

ユージの浮気相手だし、ぼくをかわいいと思わないし、臭いし。

「奈菜も猫が好きなんだって。ジョージうれしいだろ」

うれしくないし、こいつは絶対猫を好きではない。ぼくの直感は当たるのだ。ユージはこのメスに騙されている。

あまりにムカついたので、「撫でてみる？」とユージに言われて恐る恐る差し出されたナナの手を、ぼくは猫パンチで撃退した。ついでにシャーもひとつ、お見舞いした。

その瞬間、ナナは歪んだ顔でぼくを見た。

ユージが見せるようなやさしくて甘ったるい笑顔と、対極にあるような、まるでぼくを憎んでいるような表情だった。

——この女は危険だ！

ぼくの本能が叫んだ。


「なのにユージはあれからも何度もあの女を家に入れるんだ……」

ぐううう、と喉（のど）を鳴らしながらムッシュに話す。

「うわあ、浮気だあ、不倫（ふりん）だあ」

「明るく言うな！」

ケラケラと陽気に話すムッシュにムカついて再び牙を剝（む）くと、ビビリのムッシュは「ひゃあ」とマダムの後ろに隠れた。

「もしかするとその女は、ジョージの座を奪おうとしてるのかもしれないわね」

神妙な顔でマダムが呟（つぶや）く。

ぼくの座を奪う？

「マツミヤさんとモリタさんが話してるときにそんなことを言ってたのよ。あの浮気女は、妻の座を奪うつもりだって……浮気女とは、本性を隠して近づいてくる、マショウの女だって」

マショウとは。

意味はわからないけれど、なんとなく不吉な予感がする。

なにより相手はマツミヤさんだ。マツミヤさんとモリタさんはこの病院で働いているおねーさんで、マダムの情報にはよくマツミヤさんの名前が出てくる。

恋愛事情はもちろん、警察のことや医者のこと、学生生活のことにも詳しい。いつだって『この前こんな展開だったのよ』と教えてくれるらしい。ときに時間が戻ったとか、異世界にテンセイというよくわからない話もするんだとか。

いったい何者なんだマツミヤさん。

「イイジマさーん」

受付のほうからユージの名前を呼ぶ声が聞こえると、ユージはぼくのいるキャリーバッグを置いたまま立ち上がる。その隙を狙ったかのように、マダムがぐいとメッシュ生地に顔を押しつけてきて、ぼくを見た。思わずごくりと生唾を飲む。

「浮気女に気を許したらだめよ、ジョージ。浮気女は〝猫をかぶる〟んですって」

「ね、猫を？　こわい！　どういうこと！」

「あとユージを監視しなさい。浮気女に貢いで借金を作ったり、ジョージにキツく当たったりもするらしいわよ。マツミヤさんたちは、先週そんなことをされたんですって」

想像するだけで恐怖だ。

　ユージがぼくにキツく当たるだなんて……。

　マツミヤさんとモリタさんもさぞかしつらかったことだろう。

「マツミヤさんは、元気なの？」

「もう、ひとのことを心配してる場合なの？」

　ぼくの質問に、マダムが呆れてしまった。

「大丈夫じゃない？　来週がサイシュウカイだから楽しみって言ってたわよ。反撃するんですって。単語の意味がよくわかんなかったけど、まあ、いろいろ計画して相手を懲らしめるんじゃない？　ジョージも見習いなさい」

　マツミヤさんはなかなかたくましいようだ。

「楽しそうなところ悪いけど、そろそろ帰ろうか」

　考え込んでいると、ユージの声が聞こえてきて顔を上げた。

　マダムやムッシュと話す時間とユージと過ごす家での時間を比べたら、圧倒的に後者のほうが大事だ。もちろん、と返事をするけれど、ユージは「そんな怒るなよー」とぼくの顔を覗き込んで眉を下げる。

　ユージのことは大好きだけれど、ぼくの言葉を理解してくれないところはどうかと思う。

「ジョージ、しっかりしなさいよ！」

「がんばってねえ」

　マダムとムッシュの声援に、ぼくは「わかった！」と力強くうなずいて答えた。

　ユージはぼくをキャリーバッグごと自転車の前かごに入れて、家までの道を走った。十二月の冷たい風がぼくに襲ってくる。けれど気持ちもいい。

「マダムとムッシュにはまた来月会えるからなあ」

　ユージがぼくに話しかける。

　来月というのがどのくらいの期間なのかぼくにはよくわからないけれど、またそのうち病院に連れていかれるのはわかった。

　ユージは病院が好きだ。定期的にぼくを連れて病院に行く。だいたいは首の後ろになにかをつけられるだけなのだけれど、たまにちくっと痛い思いをさせられるので、警戒心はなくならない。マダムとムッシュがいなければ、ぼくは意地でも病院なんかに行かなかっただろう。

　自転車は、大きな建物の中に入る。ぼくとユージが暮らす部屋がある場所だ。部屋の中に入ると、すぐにバッグが開けられて飛び出す。

あー、ぼくとユージの住処の匂いだあ。ふんふんと鼻を鳴らして、まずは水分補給をする。床に置かれているぼく専用の器に近づき、舌で掬い取って喉を潤した。

そのあとはひとやすみだ。今日は病院に行って疲れたからな。

のそのそと、部屋の片隅にあるタワーに近づいて、とりあえず爪を研ぐ。ぼくの美しい爪は常に磨いておかねばならない。そして、最上階のハンモックを目指してのぼり、体をくるりと丸めて目を瞑る――フリをして、ちらっとユージを見た。ユージは目を細めてぼくを眺めている。ぼくの存在がユージにとっての幸福だとでも言いたげな表情だ。

ぼくも幸せだ。

ユージがいて、ぼくがいる。ふたりだけの空間。ああなんて心地がいいんだろう。

ふわふわと体が浮いているような微睡みに身を委ねていると、そっと体が撫でられたのがわかった。ユージが手を伸ばしてぼくに触れているのだろう。

まったくユージはぼくのことが大好きなんだから。

夜になったらそばで寝てあげるから。

そんなことを考えていると、ユージの声が聞こえてきた。

「今日はジョージを病院に連れてったから家にいたいんだよな」

「おれの家に来てよ。奈菜もジョージに会いたいだろ」

「大丈夫だって、びっくりしただけだから。香水が苦手なのもあったのかも。手を出したのも威嚇（いかく）したのも最初だけであれから一度もしてないし。ジョージは人懐っこい猫だから」

大きな独り言だ。

またスマホに向かってひとりでしゃべっているのだろう。

しばらくすると静かになったので、ユージは寝たようだ。にんげんは寝る時間が短すぎるので心配だ。もっと寝たほうがいいと思う。

そんなことを考えていると、いつの間にかぼくもすっかり眠ってしまった。

目が覚めたのは、ピンポーン、と耳障（みみざわ）りな音のせいだ。ぼくはこの音がきらいだ。やたらとうるさくて、いつもぼくの睡眠を邪魔する。

じろりと音のしたほうを睨（にら）んでいると、

「いらっしゃい」

とユージがドアを開けて言う。

「お邪魔しますー」

入ってきたのは、ナナだった。

なんてことだ！　また来やがった。なんでまた来たんだ！

すっくと立ち上がり、すぐにタワーを飛び降りる。すばらしい着地を披露してからじろりと下から睨みつけると、ナナがたじろぐのがわかった。ぼくがどれほど恐ろしい存在か理解しているようだ。

「奈菜を出迎えにジョージも来たんだな」

ちがう。断じてちがう。

「あー……、そうなんだ、ありがとう、ジョージ」

ナナは微妙な笑みをぼくに向けた。ありがとうなんて絶対微塵も思ってない。できることなら今すぐナナの足に噛みついて追い出したいが、前にナナに猫パンチとシャーをお見舞いしたらユージに叱られたので我慢する。

不満を声にすると、ぶふっと変な鳴き声が出た。

「ジョージもいらっしゃいって言ってる」

言ってねえよ！　勝手なことを言うなユージ！

「……そう、かなあ」

ユージよりもまだナナのほうがぼくの気持ちを理解してくれている。

だからって、ナナのことを認めてやるつもりはないけどな。

ふんっとそっぽを向いて、ソファの真ん中に腰を下ろした。ここに座ると、ユージとナナはくっついて座れないはずだ。この前、ここにふたりが座ったのをぼくは覚えているのだ。ぼくがここにいれば邪魔ができる。

――『浮気女に気を許したらだめよ、ジョージ』

もちろんだとも、マダム。蘇(よみがえ)ったマダムの声に、心の中で返事をした。

「座って座って」

「あ、うん。ありがとう」

ナナはそろそろとぼくに近づいてきて、ソファのはしに腰を下ろした。びくびくしているように感じるのは、この部屋の中がぼくの縄張(なわば)りだとわかっているからだろう。前に嗅(か)いだいやな臭(にお)いにちょっと身構えたけれど、今日は特に感じなかった。

「飲み物コーヒーでいい？　紅茶もあるけど」

ユージがキッチンに立ってあれこれ取り出す。

その様子に、はたと気づく。ユージはぼくのご飯や飲み水を出すときに、なにも訊(き)いてこないぞ。決まった時間にカリカリのご飯を器に出して、水を入れ替えるだけだ。なのにナナにはなにがいいかを訊いている。

「クッキーもあるけどいる？」

「前もあったよね、クッキー。祐志(ゆうじ)くんの家、いつもあるの？」

ふふっとナナが笑って「ありがとう」と返事をした。

思い返せば、ユージは前にナナが来たときもおやつを出していた。クッキーとは、おやつのことだ。何度かユージがぼくのために作ってくれたことがある。でも、毎日じゃない。忘れた頃に、数枚くれるだけだ。ぼくにとっておやつとは、なかなか食べることのできない貴重なものだ。

なのに！　ナナには！　家に来るたびに与えている！

驚きで体がかたまって動けなくなる。

呆然（ぼうぜん）としていると、ユージがコップを手にしてやってくる。

「インスタントだけど」

飲み物をテーブルに置いて、さっき言っていたクッキーを次に持ってくる。お皿に並べられているそれはなんだかすごく豪華に見えた。

じとっとクッキーを狙っていると、

「ジョージ、そんな真ん中陣取るなよ」

ひょいっと抱きかかえられた。

なるほどユージ、ぼくを膝の上にのせる気だな。やっぱりユージにとってはぼくがいちばんなんだな、そういうことだな。

ユージの手に体を預けて待っていると、そのままソファのはしに降ろされる。ユージの膝よりもずっとやわらかいクッションに体が沈む。

「クッキー、口にあうといいんだけど」

そしてユージはナナに話しかけた。あいだにぼくがいないせいで、ふたりの体はぴったりと寄り添うように並んでいる。

……ナナのとなりに座るために、ぼくをどかしただと……！

なんて失礼で無礼な行動だ。ぼくの居場所を奪うなんて。ユージはこれまで一度もそんなことをしなかったのに！

――『浮気女に貢いで借金を作ったり、ジョージにキツく当たったりもするらしいわよ』

マダムの言ったとおりだ。ユージはナナという浮気女に下僕の振る舞いをしている。ぼくにすらしてくれないことをして、ぼくを蔑ろにしている。

体が雷に打たれたように震えた。

「わざわざ買ってきたのを並べて出してくれてるの？　祐志くん、結構マメ？」

「あ、いや、いつもはもちろん、そんなことしないけど」

「そんなに気を遣わないでいいのに。これ、近くにあるお店？　なんか手作り感あってクセになる感じ。今度お店教えて」

ふたりはぼくの様子に気づかず、いやむしろ無視しているんじゃないかというくらい和やかな雰囲気でおしゃべりをしている。

「部屋、いつ来てもほんときれいだよね。バイト先では大雑把だから、もうちょっと生活感あるイメージだったのに。はじめて来たとき、びっくりしたんだよね。今日もめっちゃ整頓されてる」

「奈菜が来るから掃除しただけだよ。っていうか、大雑把って褒めてないよな」

「どんって構えてる感じで頼りになるってことだよ」

ナナの言葉に、ユージは「そうかなあ」とでへでへしている。

なにが大雑把だ。ユージはめちゃくちゃ几帳面なんだぞ。ぼくがちょっと水をこぼしただけですぐに拭くし、トイレだって気づいたらすぐ片付ける。友だちが来たときも、飲んで騒ぐ友だちのそばでテキパキと片付けをしている。だからか、料理よりも分量をちゃんと計って作るお菓子作りのほうが好きらしい。

「わたしが失敗したときも、大丈夫って慰めてくれたし」

「あれは……たいした失敗じゃないから。奈菜はもうすでにきっちり真面目にやってるんだから、些細な失敗は失敗になんないんだよ」

「失敗は失敗じゃん」

ふはは、とナナが笑う。

「おれは、奈菜の何事にも全力で手を抜かないところが、好きなんだし。おれがちょっと適当にしたら叱られたとき、そう思ったんだよ」

ユージが言うと、ナナがはにかむ。ふたりからふわんふわんと奇妙な甘ったるい空気が漂ってきた。

見ていられなくて、体をくるりと方向転換させる。

ふたりにお尻を向けてむっつりと怒りを噛み締める。

この怒りをいつかふたりに——いや、ナナだけにぶつけてやる。

「ジョージどうした？」

ぽむぽむとお尻を撫でられる。

そんなことしても喉を鳴らしてやらないからな。ぼくは怒っているんだ。

「拗ねてんのか？」

怒ってるんだ。ぼくにクッキーもくれないし。

「ごめん、おれちょっとトイレ」

もっとぼくを撫でろよ！

思わず振り返って不満げに鳴くと、ソファに取り残されているナナと目が合った。

ナナの瞳には、ぼくに対する恐怖が浮かんでいる。ちょっと不安も感じ取れる。そんなふうにぼくが怖いならさっさとこの家から出ていけばいいのに。

目を逸らしてやるものかと睨み続ける。

すると、ナナがそうっと手を伸ばしてきた。

ぼくの顔に、ナナの手が近づいてくる。

なにをする気だ！

反射的に体を飛び上がらせて、両前足を大きく開いた。威嚇の声を出すとユージに怒られるので、牙をむきっと見せて恐ろしさを突きつけてやる。

近づくな、浮気女め！

ナナを震え上がらせるほどに顔を険しくさせる。ぼくの俊敏な動きに、ナナは手を引っ込める。驚きに見開かれたナナの目に、満足する。

けれど。

次の瞬間、ナナは眉間に皺を寄せて、ぼくを睨んだ。

ぼくのことが憎くて憎くて仕方がないような、ぼくを蔑むような、そんな濁った視線だった。一瞬たりとも気が抜けない、そんな空気がぼくとナナのあいだにうまれる。

気がつけば、ぼくは唸(うな)り声を上げていた。

ナナはますます、険しい顔つきになった。

「あれ？　どうかした？」

一触即発(いっしょくそくはつ)のぼくらの空気に、ユージののほほんとした間抜けな声がまじる。いつの間にかトイレから出てきたユージがナナの背後からやってきた。そして、向かい合っているぼくらを見て、首を傾(かし)げる。

「ううん。なんでもない。ジョージと遊んでただけ」

ナナはにこーっと目を細めて答えた。

ぼくに見せていたものとまったくちがう表情に呆気(あっけ)に取られる。

そっかそっかー、ジョージかわいいよなー、と満足そうにユージがぼくの頭を撫でるけれど、それどころではない。

ユージ、このメス、ユージとぼくとで見せる表情が全然ちがうぞ！　騙(だま)されるな！

何度叫んでも、ぼくの想いはユージに届かない。

浮気女とは、なんて恐ろしい存在なんだ……！

一刻もはやく、ふたりの仲を引き裂かねば！　ユージの目を覚まさせてやらねば！

「しぶとい……」

むぐむぐと、キャリーバッグの中でぼやく。目の前にいるマダムが「ジョージはムッシュと同じでにんげんにたいして甘いところがあるからね」と呆れた様子で言った。「にんげんは甘いの?」とムッシュが目を輝かせる。

「ぼくはムッシュとはちがう」

断じてちがう。

あと、ムッシュはにんげんに甘いのではなく、警戒心とプライドがないだけだ。

「えー、ちがうの? 甘いとだめなの?」

「いや、ムッシュはそれでいい。そこがムッシュのいいところだ」

しょんぼりするムッシュをフォローすると、「そっかあ」と単純なムッシュは尻尾を振り回した。

「ぼくは、わざと人前では甘いように見せているだけだ」

でないとユージが困ることをぼくは知っているから。

はじめてこの場所に来たときは、それはそれは暴れたものだ。でも、そのときユージがペコペコと頭を下げていたのを見て、なんだかおかしいことに気づいたのだ。

そして、じっとしているとユージが褒めてくれることにも。

以来ぼくは、おとなしく振る舞っている。むやみやたらと威嚇したって意味はない。どれだけ鳴き叫んでも結局治療させられている犬猫をぼくは何度もこの病院で見ている。

そうつまり、ぼくは甘いのではなく、大人なのだ。

病院で暴れるなんて、子猫のすることだ。

胸を張って「ぼくはムッシュとはちがう」ともう一度口にすると、マダムはじっとりとした視線をぼくに向けた。

「まあいいわ。浮気女には甘っちょろい対応をしてるわけじゃないのよね」

「もちろん！」

そこは安心してほしい。

浮気女ことナナは、あれからも何度か家にやってきた。ユージ曰く「奈菜は実家暮らしだから」なんだとか。ジッカグラシだとなぜかナナはユージの家に来るらしい。毎回出かけられるほどお金がないし、とも言っていた。

迷惑この上ない。だからぼくはそれを全身で表現した。

常にソファの真ん中を陣取ってやるし（ユージにどかされるけれど）、ナナには決して触れさせることはしないし（触れようともしてこないけど）、かわいく鳴いてやることも、ましてや匂いを擦りつけるなんてこともしていない。目を合わせたらぼくから逸らすこともしていない。何度か嚙みついてやろうかと狙いを定めて睨み続けたこともある。実際に嚙みつくとユージに怒られるし、嚙みつかなくてもユージに注意されるのだが。

マダムにこれまでぼくのしてきたことを説明すると、

「でもまだ追い出せてないんでしょ」

と言われてしまった。ムッシュは「すごいねえ」と感激してくれているのに！

「ちがう！　あのメスがしぶといんだ！」

普通の猫ならぼくの恐ろしさに尻尾を巻いて逃げるはず。にもかかわらず、定期的に家にやってくるナナがおかしい。

「で、でもあまり長いあいだ家にいることはなくなったから、時間の問題だよ」

前は日向ぼっこの時間を邪魔するみたいにずっと家の中にいた。ご飯も、どこかで作られた物を家で食べたり、たまにふたりでぼくを置いて出かけては戻ってきたり。けれど、最近はやってきてしばらくするとユージと一緒に出ていくことが多い。もしくは、ぼくのテンションが上がる暗い時間にユージと一緒に帰ってくるとか。

家にナナがいないのはいい。ただ、ユージを連れていくのは釈然としない。

ユージもユージでぼくを置いてナナと出かけるなんて。普段ぼくが留守番をしているのは、ユージが「ジョージのためにがんばってくるからな」と言うからだ。

「マツミヤさんの話では、浮気相手と取っ組み合いの喧嘩(けんか)をしたらしいわよ。相手に爪を立てて引っ掻(か)いたんですってよ」

マツミヤさんすごいな。

「爽快(そうかい)だったわーってマツミヤさんは笑ってたわよ。観てて盛り上がるシーンだったとも言ってたわね。満足のサイシュウカイだったらしいわ」

なにを観て盛り上がったのかはわからないが、さすがマツミヤさん。

本音を言えばぼくだって腕を噛み爪を立ててナナを縄張(なわば)りから追い出したい。いつだってぼくの爪はきれいに研(と)がれているので、準備は万端だ。

そのぶん、それはそれは大きな怪我(けが)をさせてしまうことになるだろう。

一度、わざとじゃないけれどユージの足に戯(たわむ)れていたとき、怪我をさせてしまったことがある。ユージはひどく痛がっていた。それにユージも、ぼくが着地に失敗したときは「大丈夫か？　怪我はしてないか？」とひどく心配そうな顔をする。

だから、怪我は、よくないことなのだと思う。

もしかして、こういうところが、甘いのかな。だからナナは出ていかないんだろうか。

「ううううーん」

でもなあ、と頭を悩ませるぼくに、マダムは、

「ま、がんばんなさい」

とすました顔をして、背を向けた。ふっさふさの尻尾がメッシュ生地を突き抜けてぼくの顔を撫でる。

ずっとそばでスマホを触っていたユージが、受付に名前を呼ばれて立ち上がる。そして来たときと同じように自転車に乗って家に帰った。

「今日は病院行ってきたところだから、家にいるよ」

ふうっと一息ついてすぐに、ユージがスマホに向かってしゃべる。

最近、あのスマホはナナとつながっているらしいことに気づいた。ぼくがいるのに、ここにナナはいないのに、ナナと話していることが気に入らないので、ユージの膝に移動する。ユージはぼくを撫でながら、んん、と咳払いをして、

「ジョージは病院行ったあとは甘えてくるから、出かけられないなあ」

と言う。ぼくを優先させるユージはさすがだ。ぼくもさすがだ。

喉をぐるぐると鳴らし、ユージのお腹に頭をごすごすとぶつける。もっと撫でろ。スマホなんて放り投げてぼくに全集中しろ。

「給料日前でお金もないしさあ。今日ジョージのノミダニの薬代払ったところだしさ。こっちに来てくれたらうれしいけど。え？　そっか。うん、え？　声？　大丈夫だよ。うん、ありがと」

ユージがしょんぼりしたのがわかった。

「あー……なんか喉痛いな」

会話が終わったのか、ユージはスマホをソファに置いて、んん、と再び咳払いをする。喉をさすり「お腹も空いたし、なんか喉にやさしいものでも作ろ」と立ち上がる。

どうやら今日はユージとふたりきりでのんびりできそうだ。

マダムが「恋人になるとしばらくは浮かれる」と言っていた。その時期がもっとも楽しい時間だと、マツミヤさんが話していたらしい。だからか、ユージはしょっちゅうナナと会っていた。バイトが一緒だという日は帰りが前よりも遅くなった気がするし、丸一日ユージが家にいる、ということもなくなった。そういうときはナナがいるのだ。

でもそろそろ終わりが近づいているかもしれない。ぼくの努力の賜物だろうか。誇らしくなり胸元を毛繕いする。

ぶぶぶ、となにかの振動が伝わってきて辺りを見回す。なにも問題がなかったので、再び毛繕いに精を出す。そのあいだ、ユージは台所でなにかを作っていた。レモンはしみるかな、とか、喉には梅干しかなハチミツかな、とかぶつぶつ呟(つぶや)いている。

コトコトと、お湯が沸いている音がする。

トントンと、包丁がなにかを叩く音がする。

心地よいリズムが響く家の中にいると、微睡(まどろ)んでくる。うつらうつらとおだやかな空気に身を預けていると、不愉快なチャイム音がした。いつの間にか料理を終えてテーブルで食事をしていたユージが中断して腰を上げる。

「あれ、奈菜？　どうしたの」

「バイト終わったら行くって連絡したけど、見てなかった？　なんか調子悪そうだったから大丈夫かなって」

うげ。

ナナの登場に、気分が急降下する。

「え？　あ、そういやスマホどこやったっけ。ごめん」

ユージがキョロキョロしながら戻ってくる。テーブルの上のお皿を見たナナは食事中だったことに気づいて「迷惑だった？」と不安そうに眉(まゆ)を下げた。ユージのかわりにぼくは「迷惑だよ」と鳴いたが、ナナには届かない。

「そんなことないよ、大丈夫」

ユージは急いで食事を再開する。さっきまでうとうとしていたため、ぼくはふたりの邪魔をする場所に移動し損ねていて、となりにナナが恐る恐る腰を下ろした。

「なんか、おしゃれなご飯だね」

「えっ、あ、そうかな？　なんか、そういう気分で、ちょっとがんばったんだ」

ユージのご飯はパスタだったはずだ。

ぼくのご飯よりもまずそうなのに、なんでおしゃれなんだろう。にんげんの美的感覚っておかしいと思う。

くあ、と大きなあくびが出る。

今日はナナとユージを邪魔するのもめんどうくさい。病院に行くと、どうも気が抜けて眠くて仕方がなくなるのだ。

ナナがそばにいるのは気に入らないが、ぼくにちょっかいを出してくることはない。ユージの友だちはたまに突然ぼくを抱きかかえたりするが、ナナは初対面のときのぼくの猫パンチに警戒しているのか、見つめてくるだけだ。

一度眠ろう。起きたら追い出してやるからな。

ナナに心の中でそう伝えて瞼を閉じた。

「祐志くんが作ったんだよね？　料理あんまりしないって言ってたのに」

「いや……今日は、なんとなく、作っただけ」

「もしかしたら出かけるのも大変かも、って思ってコンビニでいろいろ買ってきちゃったんだけど、いらなかったかな。ゼリー飲料とか、ヨーグルトとか、ご飯とか」

「ほんと？　助かる」

「なにがいいかわかんなくて買いすぎちゃったかも……」

「わ、すごいいっぱい。しかも揚げ物とかもあるじゃん。なんか、商品確認せずに棚からごっそり取ってきたみたいだな。奈菜って結構豪快」

ふはは、とユージが笑った。ナナは「悩んじゃって」と気恥ずかしそうに答えている。

目を瞑ったままふたりの会話に耳をぴくぴくさせる。声がどんどん遠くなる。ふすうふすうと鼻息が漏れる。無意識に尻尾が揺れているのもわかった。

尻尾がぱたんとソファを叩く。

ふわりと浮いて、また叩く。

——その瞬間、なにかを察知してぼくの体が跳ね上がる。

尻尾を、摑まれた！

なにすんだ！

「っ、いった！」

シャアっと喉から息を鋭い刃のように吐き出した。

目の前にいたのはナナで、右手の甲を左手で押さえている。かすかに、本当にかすかにだけれど、血の臭いが鼻腔をくすぐった。

ぼくの心臓がばっくばっくと鳴っている。

「奈菜？　どうした？」

「……引っ掻かれた」

どうやらキッチンにいたらしいユージがナナに駆け寄る。

ナナの言葉に、どうやらぼくは反射的にナナの手に爪を立てたのだとわかった。

「ジョージ、だめだろ。なにがあったの」

「ちょっと触っただけなんだけど……」

ちがう！　このメスがぼくの尻尾を摑んだのだ。引っ張られたり思い切り握られたわけじゃないけど、ぼくは尻尾を触られるのがきらいなのだ。しかも完全に油断していたときにそんなことをしてきたんだ。

ナナは傷口をユージに見せた。消毒のために鼻がつんとするなにかでユージが傷口を拭いてあげる。

ちょっとビビったけど、それほどの傷ではない、と思う。

「ほら、ジョージ落ち着いて。なに怒ってんだ？」

ユージが指先を近づけてきて、ぼくを落ち着かせようとする。そしてぼくの様子を見てからひょいっと抱きかかえて頭を撫でた。

「滅多に怒ることないんだけどなあ。なんかいやだったのか？」

宥めるように言われて、ぼくは「いやだった！」とはっきり答える。ユージに伝わらないことは百も承知だが、ぼくは悪くない。

「ちょっとびっくりしただけだと思うから、もう大丈夫」

「びっくりって……めっちゃ攻撃されたんだけど」

ユージに言われたナナは不満そうだ。不貞腐れたように唇を突き出していて、ユージが「そんな怒らないであげてよ」とおろおろした様子を見せた。

ユージのおかげでぼくの気持ちは幾分か落ち着きを取り戻した。

でもまだ、ナナへの警戒心はなくならない。というか、無断で尻尾を触るような失礼なにんげんをぼくは許さない。

ナナと目が合うと、ぼくは再び威嚇する。

近づくな、帰れ、出ていけ。

「なんなのよ、この猫！」

ナナが顔を顰めて声を上げる。ちっとも怖くないけれど、本能でシャアっと牙を見せる。

ナナは小さくびくついてから「なによ！」と負けじと睨んできた。

「ちょ、奈菜、どうしたんだよ。ジョージも落ち着けって。おやつでも食うか？」

「どうしたって、引っかかれたんだよ。へたしたらもっと大きな怪我だったかもしれないんだよ。犬だったら大問題だよ！　もっとちゃんとしつけてよ！」

「ジョージは猫だし、怒ってなくてもテンションが上がって引っ搔いたり嚙んだりはよくあることだよ。猫にしつけって、犬みたいにできるもんじゃないし」

「なにそれ、怖くないの？」

ナナは信じられないと言いたげな顔をユージに向ける。

「猫なら当たり前じゃん。奈菜も猫好きなら知ってるだろ」

「猫なんか大っ嫌い！」

ユージの言葉に、ナナが声を荒らげて立ち上がった。ぼくの毛がふわりと逆立つ。やる気かこいつ、と唸り声を上げようとする。と、ナナと目が合った。

揺れる瞳が、ぼくを見つめる。怒っているような声で鋭い視線なのに、目の前にいるナナがものすごく小さくて弱い、まるでうまれたてでまわりに怯えている子猫のように感じた。病院にたまにやってきて暴れまくる子猫だ。

「え、え？　どういうこと。動物好きって言ってたよな？」

「それ、は……」

ぴったりくっついているため、ユージの動揺がぼくにも伝わってきた。ナナはばつが悪そうに目を逸らす。

「嘘だったってこと？」

「嘘じゃない！　ただ……犬とか猫とかハムスターとかうさぎとかは……苦手なだけ。ふわふわしてて、なんか、どうしたらいいかわかんない。犬と猫は、怖い」

「ちょっと待って、なにそれ、どういうこと？　嘘ついてたってことじゃん、え、なんで？」

ユージを見上げると、眉間に皺が寄っていた。心なしか怒っているようにも見える。ただたんに不思議がっているだけかもしれない。

まあ正直、ぼくはわかってたけどね。ユージはぼくのように敏感ではないから気づいていなかったが、ナナのぼくを見る目は、ユージや病院の先生たちとはまったくちがった。ナナを見る。どうやらユージの言葉にショックを受けたようで、目を見開き歯を食いしばっていた。そして、ぼくにしか向けなかった鋭い視線でユージを睨む。

ユージは小さく体を震わせた。

「動物が好きとは言ったけど、犬や猫が好きとは言ってない」

「犬や猫やハムスターやうさぎが苦手なら、動物全般が苦手ってことだろ」

「爬虫類だって動物だし！」

ぐわっと大きな声が響く。

ナナがこれほど感情を表に出すのははじめてだ。ナナはこの家の中でいつもにこにこしていた。少なくとも、ユージの前では。ころころと笑うことはあったけど、怒ったことはない。文句も言っていなかった。

「はちゅうるい……？　トカゲ、とか、蛇、とか？」

爬虫類がなにかはわからないが、ユージの様子から察するに、あまりすてきなものではないらしい。顔が歪んでいる。信じられない、とでも言いたげだ。なるほど、ぼくのほうがすてきだってことだな。なるほどなるほど。

「爬虫類だってかわいいんだから！　わたしのモエちゃんなんかめっちゃかわいいんだから！　ちゃんと懐くんだからね！　猫みたいに人を攻撃もしない賢いフトアゴヒゲトカゲなんだから！」

最後のは呪文みたいに聞こえた。

「いや、いやいや。絶対猫のほうが、ジョージのほうが賢いしかわいいだろ」

「どこがよ！　いっつもじっと見てきて怖いし、ちょっと触ろうとするだけで逃げるし手を出してくるじゃん！　凶暴でしかない！」

「爬虫類と哺乳類じゃ比べるまでもないだろ」

「はあ？　哺乳類がそんなにえらいわけ？　はあ？」

「そんな話じゃなくて。っていうかなに？　奈菜なんか、キャラかわってない？」

ふたりがぎゃあぎゃあ言い合いをする。あいだに挟まれたぼくは、そのやり取りに飽きてきた。それ以上にうるさくて、ぼくはユージの腕から床に飛び降りる。逃げるようにタワーを駆け上がり、安全な位置からふたりの様子を観察する。

耳障りな声のせいで、会話の内容はさっぱりわからない。

あ、壁になんかいる。なんだろうあれ。虫かな。影かな。

ぼくの視線と意識はすぐに、ふたりから得体の知れないなにかに向けられた。

「猫なんかどこがいいのよ！　なに考えてるかわかんないし、懐かないし」

「それが猫のいいところだろ！　爬虫類なんか撫でても気持ちよくないじゃないか」

「撫でたこともないくせに！　なにが猫のいいところよ！　なんにもよくない！」

「だったら奈菜だってジョージを撫でてないだろ！　ジョージが奈菜に手を出すのは奈菜がジョージを好きじゃないからだよ。ジョージはわかってるんだよ！」

「うっざ。ほんとうざい。猫好きの猫愛の押しつけほんとうざい。祐志くんがうざい」

「性格も口調もかわりすぎだろ。うざいとかひどいだろ」

「祐志くんこそ、けっこう口うるさいタイプだよね」

ふたりは飽きずに言い合いを続けている。

もうそろそろ終わらないかと見下ろすと、ふたりはむうっとした顔で見つめ合っていた。

ぼくの視線に気づいたのか、ナナがこちらを見る。まるでぼくを射貫くような鋭い眼差しを向けてから、ぷいっとそっぽを向いた。

「帰る」

ナナがカバンを摑んで、玄関に向かう。ユージは「なんでそんな言い逃げみたいなことすんの」と引き留めようとした。けれど、ナナは「そういう言い方ほんとやだ」「これ以上話したって話になんないでしょ」と言って出ていった。

ぼくの視界に、ぽつんと取り残されたユージの背中が見える。しばらくその場に突っ立っていたが、とぼとぼとソファに戻ってきて腰を下ろした。

ごほごほと咳をしたユージが、はあっとため息をついてぼくを見上げ、そしてもう一度ため息をつく。そのあとはすっかり冷めたであろうパスタをもそもそとまずそうに食っていた。

もしやこれは、ナナを追い出すのに成功したのではないだろうか。

――『マツミヤさんは、浮気相手と取っ組み合いの喧嘩をしたらしいわよ。相手に爪を立てて引っ掻いたんですってよ』

なるほどたしかに、喧嘩をするのは浮気女を追い出すのに有効だったようだ。

でもこの場合、喧嘩したのはぼくなのか、ユージなのか、微妙なところだけれど。

ナナという浮気女がいなくなれば、ぼくの生活と空間は快適になると思っていた。

けれど。

「……あ、ああ、ご飯か……ん、んんっんあ、あー……」

ベッドで横になっているユージが、ごふごふと咳をし続ける。目も虚ろで、呼吸もなんだか変な感じだ。

そのせいか、ご飯の時間になっても器がからっぽのまま、というのを数回繰り返している。ぼくが枕元に座って催促すると用意してくれるのだが、回数を重ねるごとに動きが鈍くなっているし、ふらふらしている。

当然一緒に遊んでもくれないし、撫でてもくれない。

はじめのうちこそ、なに寝てばっかりいるんだ、とぷんぷんした。でも、次第に心配になった。そばで様子を見守っていると、ふと目が覚めたユージは目を潤ませてぼくの名前を呼ぶ。

大丈夫だろうか。

どうしたんだよユージ。大学には行かなくていいのか。バイトはいいのか。

ぼくがにゃあにゃあと呼びかけると、そのたびにユージは「どうした？」「ご飯か？」「今は遊べないんだ」「ごめんな」と言う。

そわそわ、ひりひり、ちくちく。

どう言えばいいのかわからない気持ちだ。

本音を言えば、ベッドから立ち上がってほしいし、遊んでほしいし、かまってほしい。そのためなら部屋の中を駆け回って困らせたっていい。そう思うのに、できない。

ユージは怒りはしないだろう。どれだけ部屋を荒らしても、ユージは仕方ないなと許してくれるだろう。

でも、もしかしたら、ぼくがいやになるかもしれないから。

すうすうと、ぼくのご飯のことを忘れてユージが眠りについてしまった。聞こえてくる寝息にしばらく耳を傾けて過ごした。眠る前まで手にしていたスマホが床に転がっている。

さて、どうしようか。

ご飯のある場所は知っている。台所のそばにある棚の一番下の引き出しだ。

そっとベッドから飛び降りて、近づく。ユージが摑んでいた部分に前足を伸ばせば、ぼくにもできるかもしれない。でも、できなかった。何度かチャレンジしたけれど、棚はぴくりとも動かない。

ごほっごほごほ、とユージが咳き込む。うーん、と唸る声も聞こえてきた。

なにかあったのかとユージのそばに戻ると、ユージは眉間に皺を寄せてうなされていた。目は開いていないので、眠っているようだ。

少しでも気が楽になればと、ユージの頰を舐めた。

「ん、うんん、ん」

顔を背けて、ついで唸り、ちょっと咳をする。

あまりいい方法ではなかったらしい。

「み、ず……」

布団からにゅうっと手が伸びてきて、なにかを探す。けれどそれはなにも摑めないままだらりと萎れた。

ユージは水を求めている。

でもぼくは、ユージに水を差し出すことができない。四角いあの置物――ユージは冷蔵庫と呼んでいる――に入っているのは知っているけれど、ぼくはあの置物を開けることができない。

台所にのぼれば水が出てくる。お風呂場にもある。

それを知っていても、ぼくは水を運ぶことができない。

ぼくはなにもかも、ユージにしてもらっていた。そういう役割だった。そう思っていたけれど、ぼくはユージがいなければなにもできなかっただけなのかもしれない。

ベッドから垂れるユージの手は、ぼくの顔よりも大きい。

ぼくはユージを抱きかかえることはできないけれど、ユージは片手でぼくを持ち上げる。

ぼくの体はいつも、ユージにすっぽりと包まれる。

そういえば、ナナはユージと同じくらいの大きさだった。

となりに座っていて、ユージのかわりになにかを運ぶこともあった。撫でられたことはないけれど、手も同じくらい大きかったのではないだろうか。ぼくの爪痕は、もうきれいに消えただろうか。

――今ここに、ナナがいれば。

悔しいけれど、考えてしまう。

ユージの力の入っていない手に、頭を擦りつけた。いつもならすぐに動く指が、今は微動だにしない。

どのくらいそうしていたのか、チャイムが鳴った。

ナナかもしれない、とすぐさま玄関に向かうが、ぼくにはドアを開けられない。もう一度チャイムが鳴る。ぼくはそれを聞くしかできない。にゃあっとできるだけ大きな声で鳴いて呼びかけてみたけれど、ドアは開かずに三回目のチャイムが部屋に響く。

なんだろうこの気持ち。

すごく、胸がちりちりと痛む。

ぼくはちょこんと座ったまま、小さく鳴いた。

「……ジョージ？」

ユージがぼくを呼ぶ。

やさしくて弱々しい声に胸が締めつけられる。

もしかしたらぼくも、なにか病気なんじゃないかな。だってこんなに苦しいんだもの。

ドアから怪しげな音が聞こえ出した。がちゃがちゃとなにかが小さくぶつかる音だ。何事かと身を低くして警戒していると、玄関のドアが開いた。そして、

「祐志くん？」

　とナナが顔を出す。

「な、奈菜？」

　聞こえてきた声に、ユージがベッドから上半身を少し上げて驚いた。家の中に入ってきたナナは、まるでぼくがいないかのようにするりと横を通り過ぎてユージに駆け寄った。

「使うことないと思ってたけど、合鍵受け取っててよかった。あ、起きなくていいよ」

「え、なんで」

「今日シフトかぶってたのにいないから。店長に訊いたら休みだって言われて。そういえばこの前、咳してたなって思い出して。うわ、顔熱い！　ほら寝て！」

「もう、来てくれないかと、思った」

　ナナに言われたとおり横になったユージが、情けない声で言って、

「ごめん」

　と謝る。

「わたしのほうこそ、ごめん。なんか、感情的になっちゃった。その話はあとにしよう。元気になってからね。ご飯食べてる？　なんか飲む？　病院行った？」

　ナナはテキパキと動く。

が、動きが大きい。ゴソゴソと袋を探り、中身を取り出し、それを薙ぎ倒しては焦り、立ったり座ったり。このメスはこんなにも落ち着きがなかったのかと、ぼくは呆気に取られる。騒がしいやつだな。

「はいこれ、スポーツドリンク。とりあえずこれ飲んで」

「病院は行ってないの？　お腹空いてない？　あ、飲み物もいるよね」

「氷枕とかいるんだっけ。あ、冷却シート忘れたかも」

「あったあった、ちょっと待って」

ユージもぼくと同じ気持ちなのか、目を瞬かせている。

ナナのまわりに、買ってきたらしい様々な物が散らばっていく。

「わたし料理とかできないから……レトルトだけど。いやできるけど、味に自信ない」

「うん、ありがとう。ふ、ふはは」

「なに笑ってるの」

ぶふっと噴き出したユージに、ナナが怪訝な顔をした。

「しっかり者なのはかわらないけど……奈菜ってけっこう大雑把？　そういえば、ご飯も絶対作んなかったね。デリバリーか外食ばっかしてたな、って今気づいた」

わかるわかる。ナナは落ち着きのない子猫みたいだ。あっちこっちに意識がとんで、おまけに動きがやたらと雑。

「そうだよ。本当のわたしは、めっちゃ大雑把で落ち着きがなくって、適当なの。動物が好きっていうのも……本当は嘘。それに家事はまったくできない。家のことはお母さんがしてくれるんだもん。バイト中は仕事だし、なんとか取り繕えるんだけど」

　ナナは恥ずかしそうに、ちょっと拗ねたように言い返す。

「こんなわたしで、幻滅したでしょ」

　そして、不安そうに言葉を付け足す。

　ユージは小さく首を振って、ナナの手に自分の手を重ねた。

「おれのほうこそ、奈菜に幻滅されたかと思った。もう気づいてると思うけど、本当のおれは心配性で口うるさくて、料理とかお菓子作りが趣味で、若干潔癖症で、神経質なところもある。友だちにはよくオカンみたいって言われるくらい」

「うん、なんとなく、もしかして、とは思ってた。でも、幻滅はしてないよ」

　ふたりの手が、重なり、しっかりと握られるのをぼくは見た。

「奈菜には、かっこつけたかったんだ。奈菜が、おれはいつも堂々としてるとか、冷静だとか、頼りになるって言ってくれたから、そんなおれでいなきゃって思った。そうじゃないと、振られるんじゃないかって」

「わたしも、祐志くんによく思われたかったから、しっかり者って言ってくれたから、そういう自分でいられるように、必死だった」

ふたりは見つめ合って、微笑(ほほえ)んだ。

──にんげんは、こんなふうに想いを伝え合えるのか。

言葉が通じなくっても、ぼくとユージはわかり合えていた。でも、ナナとユージのように想いを確認し合うことはできない。

「とりあえず、はい、水飲むでしょ」

ナナは、ぼくにできなかったことをいとも簡単にやっていく。水を持ってきたりご飯を用意したり。落としたスマホも拾って手渡していた。

「あ、悪いんだけど、ジョージにご飯、入れてもらえる?」

ユージが棚(たな)を指してナナに頼んだ。

ナナはどのくらいの量かをユージに確認して、ぼくの器(うつわ)にざらざらとご飯を入れる。ぼくはそれをおとなしく見ていた。

ぼくは本当に、なにもできないダメな猫だ。ナナにまで世話されるなんて……。

「なに、今日は覇気(はき)がないね」

ぼーっとしているぼくに、ナナが不審そうに言った。

ぼくだっていろいろ思うことがあるんだ。ナナにはわからないだろうけど。

つんっと顔を背けて、ご飯に口をつける。

落ち込んでいてもお腹が空く。食べたい欲求がなによりも優（まさ）る。そんな猫である自分に不甲斐（ふがい）なさを抱き、一気にご飯にかぶりついた。がふがふと、口の中に詰め込む。

「お腹空いてたの？　すんごい食べるじゃん」

「ジョージの水、入ってる？　そばにある緑色のやつ」

「これ？　水道水でいいの？　っていうかこういうのって自動給水機とかのほうがいいんじゃない？　ご飯も、お腹空かせてかわいそうだから、そういうのにしたら？」

「あれ、高いんだよなあ……」

そうなんだ、と返事をしたナナが、器に水をなみなみに入れて置いてくれた。

入れすぎだろ、こういうところだぞ、と内心ツッコみ、からっぽになった器から水の器の前に移動する。おそらく、今日は過去最短記録で食べ終えてしまったな。

「すごい勢いで食べるんだね。まだちょっと怖いけど、こうしてみると、うちのモエちゃんとたいしてかわんないかも。モエちゃんもご飯出すとすぐに食べるんだよね」

じろじろと見つめられたので、睨（にら）んでやった。

前までならビビっていたナナは、怯（ひる）まない。

ぼくも、ナナの手に小さな傷があるのに気がついて睨むのをやめた。

なんだかいつもの調子になれない。

きっと、ユージが寝込んでいるからだ。それだけだ。

今日のところはユージのこともあるし、ナナにちょっかいを出すのはやめてやろう。一時休戦ってやつだ。ナナがいないとユージが困るからな。

——と、思ったとき。

お腹から喉に、なにかが、ごごご、と移動してくる。

これは例のあれだな、とぼくは体に力を入れた。かふっと咳を出して、地面を見つめながら後退り、舌を出してぼくの喉を圧迫している不快なものを吐き出そうとする。

「え、な、なになに？」

後ろを見ていなかったので、ナナの足にぶつかった。

でも今はそんなことどうでもいい。ぼくは前を見たまま、お腹に力を入れる。

そして、吐いた。

「え、え、え！　え？」

ナナがうるさい。そのせいかもう一度吐く。ごふごふっとさっき食べたばかりの固形物が吐き出される。ああ、せっかく食べたのに。

「病気？　大丈夫なの？　吐いたけど！　二回も！」

ナナが狼狽えていた。本当に落ち着きがない。

「あー、悪いけど、片付けてもらえる？　ジョージが踏むかもしれない。そこにキッチンペーパーがあるから……」

「いや、そんなことどうでもいいでしょ！　吐いたんだよ！　こんなに！　なんかの病気なんじゃないの？」

のんびりした様子のユージの声と、慌てふためくナナの声が聞こえる。

「いや、大丈夫。よくあることだから」

「大丈夫ってなに！　そんなわけないじゃん！　よくあるなんておかしいでしょ！　え、祐志くんの風邪がうつったのかな。どうしたらいいんだろ。とりあえず病院？」

「病気とかじゃないから」

「病気だったらどうするのよ！　猫が大事なんじゃなかったの！」

ユージにぴしゃりと言い放ったナナは、「もういい！」と言って、ぼくの体に手を伸ばした。逃げる間もなく捕まったぼくは、そのままキャリーバッグに押し込められる。

え。

目を丸くするぼく。メッシュ生地の向こうには、ぽかんとしているユージ。

ナナはそのどちらにも目も向けず、バッグを抱えて家を飛び出した。

え。え、え?


「これは浮気にほかならない!」

ユージがぼくに向かって言った。

ちろりと視線を向けて、ぼくはまたかとため息をついてから再び目を閉じた。

「浮気って……この場合どっちに言ってんの」

「どっちも! ジョージは人懐こいほうだったけど、おれに対してよりも絶対リラックスしてる。奈菜だって猫がきらいだって言っていたのに」

ナナに呆(あき)れたように言われたユージがぶつぶつと文句を返した。

すっかり体調が治ったユージは、あれからすぐにいつもどおり、甲斐甲斐(かいがい)しくぼくの世話をしてくれている。

そしてナナは、相変わらずぼくとユージの家に出入りしている。

ふたりは前よりも言い合いが多くなった。でも、前よりも自然体で楽しそうだ。

不満がないわけではない。この家はぼくとユージの住処であり、ぼくとユージは家族だからだ。ただ──そこにナナがまじることに、それほど不快感を抱かなくなった。

いや……正直言えばむしろ。

「昔、猫同士の喧嘩を見てから怖かったんだけど、猫も悪くないんだね」

膝の上で丸くなっているぼくを、ナナがやさしい手つきで撫でる。

ナナの膝はユージの膝よりもやわらかくて寝心地がいい。

ユージよりも小さい手は、いつだって繊細な手つきでやさしい。

──『浮気女、悪い子じゃないのかもね』

ナナに無理矢理連れていかれた病院で、マダムに言われた。

ぼくが吐いたことに、ナナはひどく動揺していた。寝込んでいるユージを放置して駆け込んだ病院で「猫が吐くのはそう珍しいことじゃないんですよ」と先生に言われた瞬間、へなへなと床に座り込んだ。そして、ぼくを見て「よかったあ……」と泣きそうな顔で笑った。

その後も、診察室を出るまで、何度も先生に「本当に大丈夫なんですよね」「病気の前兆とかじゃないですよね」と確認をして、家に帰るまで何度もぼくの顔を見ては「もう大丈夫だからね」と言った。

病気だと焦ってユージを責めたことが恥ずかしかったのか、以来ナナは猫についていろいろ調べて学んだらしい。以前のように不意に尻尾を摑んでくることもなく、静かに手を伸ばし、ぼくに匂いを嗅がせてからしか触れなくなった。もちろん、いやな臭いは一切身に纏わなくなっている。

そういう態度を見せるなら、まあ、ぼくも歩み寄らないこともない。

ぼくはユージやナナと言葉を交わすことができない。

ぼくができることもあまりない。

それでも、ぼくの行動はナナになにかしら伝わることがあった、はずだ。

「ジョージ、おれの膝に来るか？」

ユージがぼくの頭を撫でる。気持ちのいいナナの膝の上で、大好きなユージの大きな手に撫でられるというのは、至福だ。なので、ぼくはナナの膝からは動かない。

「つめたいなあ、ジョージ。無視するなよー」

情けない声を出すユージに、ナナがクスクスと笑った。

「まあいいや。そろそろご飯食べようか」

「今日はなに作ってくれるの？」

ユージの手料理が気に入っているのか、ナナが弾んだ声を出した。あの日以来、ふたりは外食を止めていつもユージの手料理を食べている。

「おれは、奈菜の手料理が食べたいけどなあ」

「それは無理。祐志くんが作ったほうがおいしいし。あたしは祐志くんの手料理が食べたいー。なにより、今はジョージが膝にいるから、動けないー」

そうだそうだ。ぼくは頭をナナの太ももに擦りつける。

この気持ちよさのためなら、もうナナに爪を立てたりしないし、威嚇（いかく）もしないし、牙も隠してみせる。甘えてみせるとユージよりもナナのほうがはるかにぼくを甘やかすことを学んだので。

「本当は一緒に作りたいけど、ごめんね」

「今さら猫かぶってももう無理だから。浮気されて傷ついてるからおれは作んない」

「祐志くんこそ、そんなこと言って料理が好きなのもう知ってるんだからね。内心わたしに台所汚されたくないこともね」

軽口を言い合うふたりの声は、心地がいい。

そのうち、結局ナナはぼくをどかしてユージの料理を手伝い、ユージはナナにやさしく料理を教えるだろう。

ふたりは、お互いが好きだから。

ぼくも、そういうときは、しぶしぶ我慢する。
そうしたほうが、ふたりはぼくを褒め称えてくれるから。
そういうのを〝猫をかぶる〟って言うんだってさ。
マダムに教えてもらったことを、ぼくは心の中で自慢げに呟いた。

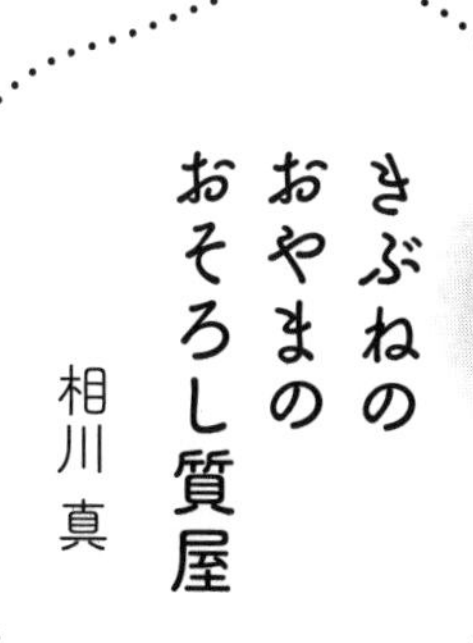

きぶねのおやまのおそろし質屋

相川 真

1

――〝きぶね〟とちゃう。〝きふね〟神社や。

ことんことん、と揺れる電車の中、近江七瀬は祖母の柔らかな言葉を思いだしていた。

――土地の名前は、〝きぶね〟。神社は水の神さんがいたはるから、濁ったらあかんいう話もある。せやから〝きふね〟。

そのときはへえ、とわかるようなわからないようなあいまいな相槌を打ったのだったか。

正直何がちがうんだろうと思った。濁点がつくかつかないか、七瀬にとってはそれだけだ。

けれどいざここに足を踏み入れると、その理由が少しわかる気がする。

京都、京阪電車の終点、出町柳駅からさらに叡山電鉄に乗って三十分。

貴船口駅を降りて空を見上げた七瀬は、ほう、と一つ息をついた。

山間の川沿いに広がるこの街を、貴船という。

春は満開の桜、夏は涼を楽しむ川床、秋は一足早い紅葉が、冬には深々と美しい雪の降る、四季折々にぎわう京都の一大観光地であった。

小さな駅とアスファルトの道路が連なるほかは、山々の木々で埋め尽くされている。

ここは、空気がなんだか重苦しい。密度が濃い気がする。

薄暗いと感じるのは、折り重なった濃緑の葉が、夏の鮮やかな太陽の光を遮っているからかもしれないし、左右にそびえる山々の雄大さがそう思わせるのかもしれなかった。

それから音だ。ずっと川の音がする。ごうごうと水が岩肌にたたきつけられ、流れる貴船川の音があたりを呑みこむように支配している。

七瀬はごくりと息をのんだ。

ここは、神さまのための土地なのだ。

背筋をぞくりとしたものが這い上がったような気がして、七瀬はそれを振り払うように首を横に振った。

高校一年生の七瀬はこの夏、東京から貴船に越してきた。夏休みが終わればすぐに、京都の学校へ編入することが決まっている

左手首のスポーツウォッチで時間を確かめる。もうすぐ迎えが来る予定だった。

たぶん祖母のはずだけれど、とあたりを見回したとき。

「――近江七瀬だろ」

低い男の声が耳を打った。

振り返った先で青年が一人、立っている。目を奪うのは太陽の光に似た金色の髪だった。

二十五歳か、六歳か。そのぐらいだろうか。太めのきりりとした眉とややつり目がちな切れ長の目、意志の強そうな黒い瞳。

太陽を背に、その青年はぱっと明るい笑みを見せた。

「おまえを迎えに来た」

あっけにとられた七瀬は、一歩後ずさった。

ここに迎えに来るのは祖母のはずだ。震える声で問うた。

「……あなた、だれですか」


——ほんならうちに来たらええ。貴船においで、七瀬。

そう祖母が言ったから、七瀬は生まれて十五年間住んでいた東京から、この京都の貴船に越してきた。これから祖母と二人暮らしだと思っていたのだけれど、駅に迎えに現れたのは見ず知らずの青年である。

七瀬のキャリーケースを軽々と片手にぶら下げながら、青年は言った。

「おれ、八坂青ね」

七瀬はあいまいにうなずいて、ちらりとその顔をうかがった。

身長は高く、百六十センチの七瀬より頭一つぶん高い。長めの金髪はあちこち撥ねていて、遠目で見ても傷んでいるとわかった。

　ダメージ加工か判断がつかない穴だらけのデニム、はき潰された黒のスニーカー、おまけにTシャツの柄は、丸い目がきゅるんとかわいいクマである。成人男性の胸元にあるにはずいぶんとファンシーだ。

　あまりに七瀬が見つめるからだろう、青が心なしか胸を張った。

「かわいいだろ」

「……はあ」

　胸元がクマでもさまになっているのは、たぶんその端整な顔立ちのおかげだ。なんだかむしょうに腹立たしかった。

　七瀬は手元のスマートフォンに視線を落とした。いったいどういうことなのかと問うた祖母から、メールが返ってきている。曰く用があって迎えに行くことができないから、人に任せたという。付け加えるように、その青年は大丈夫だから、とも。

「八坂さんは、おばあちゃんと、どういう関係なんですか？」

「青でいいよ。千登勢さんもそう呼ぶし」

　それが祖母の名だと思い出すまで、少し時間がかかった。

「おれ、千登勢さんの店を手伝ってんの。それで、孫が来るから面倒見てやってくれって頼まれてんだ」

七瀬は目を見開いた。

「おばあちゃん、お店なんかやってたんだ」

祖母の家に一度も訪れたことのない孫というのも珍しいのだろうが、七瀬はそうだった。祖母と会うのは決まって東京で、あとは電話で話す程度だ。

母が、故郷であるこの貴船が苦手だったと知ったのは、最近だった。

「じゃあ、おばあちゃん、おうちにいるんだ」

そうつぶやいた七瀬に、いや、と青はあさってのほうを見やった。

「いまごろたぶん、ルーマニア」

「ルーマニア!?」

「うん。千登勢さん、おれに店押しつけてしょっちゅう海外行ってるから」

あっけにとられて、七瀬は思わず立ち止まった。数歩先で青が振り返る。店どころか孫も押しつけられたらしい男は、あっけらかんと笑った。

「心配すんな。おれがいるから」

それが何より心配なのだと、七瀬は声に出さずに深く嘆息(たんそく)した。

貴船川をさかのぼると、川に沿うようにぽつぽつと家が立ち並び始めた。多くはカフェや料理を出す店で、中には名物の川床で食事ができる料亭もある。

　やがて左手に見えたのは、貴船神社の鳥居だった。神社は主に三つに分かれている。本宮と結社、そして最も奥まったところにある奥宮だ。

　木々に埋もれるようにぽかりと開いた、貴船神社奥宮を通り過ぎたところで、ふいに青が立ち止まった。

「ここな」

　ここ、と言われても。七瀬はぽかんとあたりを見やった。

　流れる貴船川にかかっているのは小さな石の橋だ。その先はうっそうとした山道である。

　橋を渡った先で、最初に目に入ったのは古ぼけた小さな平屋だった。褪せた木の看板には、黒い墨で『千古屋』と描かれている。

　その横の細い小道から、平屋の奥を見通すことができた。

　山の間、木々の隙間に切り取られたような広い庭と、二階建ての古い日本家屋。庭には、白壁の蔵が一つ、苔むした桜の木の向こう側に半ばかくれるように建っていた。

　小道をとおって、店の裏側へ。その先、母屋の玄関先に向かう青の背中を、七瀬はあわてて追いかけた。

　たしか祖母は店をやっているのだったか。

「こんな山奥で、おばあちゃん何やってるんですか？」

「質屋」

玄関扉の鍵を開けて青が答えた。ぎし、ときしむ引き戸を開ける。薄暗い玄関に、青は七瀬のキャリーケースを丁寧に置いた。

七瀬は首をかしげた。

「お金を貸してくれるところですか？」

「半分あってる」

たとえば、と青は靴を脱ぎ捨てて広い玄関に上がる。

「おまえの時計を質屋に預けるとするだろ。これを『質草』っていうんだけど――」

青はそばの階段を指した。日が差し入らない玄関は暗く、目が慣れるまでにしばらくかかった。乾いた木のにおいがした。

「――質屋はそれを預かって、見合った金を貸してくれる。これが『元本』。その元本と借りていた期間の利息を持っていくと、質草を返してくれる仕組みになってる」

へえ、と七瀬は目を丸くした。

青の背を追って、二階への階段を上がる。

「店は明日、案内してやるから、荷物を整理しろよ。ここがおまえの部屋だから」

廊下の一番奥、襖の前にどんとキャリーケースを置いて青はひらりと手を振った。

「じゃあおれ、飯の準備と洗濯してるから。適当に降りてこいよ」

大きな背が階段の下に消えていくのを見送って、七瀬はやっと、ほっと息をついた。

襖を開けると畳敷きの六畳間だった。あけ放たれた窓から、さらりと乾いた夏の風が吹き込んでくる。むし暑い京都も、ここまでくると風は山の涼しさを帯びていた。

窓から見える山々はあまりに静かで、胸の奥に不安がこみあげる。

今日からここで暮らすのだ。

もう七瀬のそばには、だれもいない。

それがひどくさびしかった。


居候の身でぼんやりとしているわけにはいかない。家事は分担制にしようと願い出るつもりで七瀬は階下に降りた。

手伝いますよ、と台所に顔を出したときだ。

「……なんだこれ、ボタンありすぎじゃねえの？」

青が真剣な顔で炊飯器の説明書とにらみ合っている。

七瀬は首をかしげた。いまどき家事が苦手でも、炊飯器の使い方がわからないということがあるだろうか。いや、これまでは祖母に任せっぱなしだっただけなのかもしれない。

おそるおそる問うた。

「青さん、炊飯器はじめてですか……？」

「ああ。いつもは薪と釜なんだよ。炊飯器は千登勢さん用——これでいけそうだな」

七瀬がきょとんとしている間に、青が勢いよく立ち上がった。傍らに置いてあったステンレスの籠を抱え上げる。

「じゃあおれ裏行ってくるから、適当にくつろいでな」

籠には山盛りの洗濯物と、見慣れない板が突き出している。ギザギザの細かい線が刻まれた一抱えもありそうなほどの木の板を、七瀬はテレビで見たことがある。

あれはたぶん洗濯板だ。

困惑したまま、あわてて引きとめた。

「待ってください、……洗濯なんですよね？」

「うん。裏に水場があるから、そこで洗ってくる」

「洗濯機は？」

「だっておれ、使い方知らねえもん。説明書なくしたって、千登勢さん言ってたし」

七瀬は驚きをすっかり通り越していた。釜や薪でご飯を炊く人も、川で洗濯する人もいるだろう。けれど炊飯器も洗濯機も、使い方そのものがわからないと青は言う。

よほどの山奥で、世捨て人のような生活でもしていたのだろうか。

七瀬のその視線に気がついたのだろう。青はどこか気まずそうに、くしゃりと金色の髪をかきまぜた。

「……機械とか、おれ詳しくねえんだよ」

ふい、とそらした視線は、それ以上聞くなと言っているようだった。

ともかく、と七瀬は気を取り直して青の手から籠をひったくった。その重さにぐらりとよろめく。たぶん洗濯板の重みだ。

「よければ、お洗濯はわたしにやらせてください！」

今、籠に詰め込まれているのは家で使うタオルや布巾ばかりだが、今後自分の服が洗濯板で洗われるのは、できれば遠慮したい。

しばらくためらっていた青が、やがてそうかとつぶやいた。

「じゃあおれ、飯作ってくるな」

「お願いします」

逃げるように台所から駆け出して、教えてもらった風呂場へ向かった。横の洗面所に、洗濯機が鎮座している。うっすらと埃（ほこり）が積もっていて、本当に使われていないようだった。

洗濯機のスイッチを入れて、七瀬は一つ息をついた。

祖母はずいぶん変わった人と暮らしていたらしい。釜と薪で米を炊いて、機械を使わずに洗濯をして、そのうち風呂も薪で沸かすなどと言いかねない――。

は、と七瀬は顔を上げた。さあっと血の気が引いていく。

あの人さっき、なんて言っていた？

――飯作ってくるな。

「どうやって!?」

思わずそう叫んで、洗面所から飛び出した。あれではガスコンロに薪でもくべかねない。

「青さん、コンロに薪はまずいです！」

けれど駆け込んだ台所には、だれもいなかった。あたりを見回すと、掃(は)き出し窓が大きくあけ放たれている。

ふわりと風をはらむカーテンの向こう、庭の真ん中で青がぶんぶんと手を振っていた。

その足元では焚火(たきび)が明々と炎を揺らめかせている。

串刺しの魚を片手に、青がにこにこと笑っていた。

「こっちこいよ」

「……何してるんですか？」

「飯。せっかく貴船に来たんだからな、今日は鮎だ！」

たしかに貴船といえば川床で鮎である。ただ庭に焚火をつくって直火で焼くとは思わなかった。二の句が継げない七瀬の前で、青が串刺しの魚を振った。

「おまえが、ここに来た日だからな。祝いだ」

ぽかんとしていた七瀬は、やがてふふ、とつられるように思わず笑う。

言いたいことはたくさんあったけれど、その笑顔に、もうなんだかどうでもよくなってしまったのだ。

──ぱちぱちと橙色の炎がはぜる。

後片づけも終わり、たっぷりと氷を入れた麦茶を片手に七瀬は、縁側に座って揺れる炎を見つめていた。涼しい風に目を細めていると、後ろから声がかかった。青だ。

「早く風呂入って寝ろ。明日早いんだろ」

「べつに早くないですよ。夏休みですし……」

首をかしげた七瀬に、青がふうんとつぶやいた。

「千登勢さんが言ってたぞ。陸上部なんだろ、毎朝トレーニングしてるって」

とたんに心臓が、嫌な音を立てて跳ねあがった。

七瀬は何でもないように言った。

「陸上、やめちゃったんです」

自分の声が震えていないことを祈った。青が怪訝そうに眉を寄せた。

「なんで？　千登勢さんが自慢してたぞ。学校だけじゃなくて、東京で一番足が速いんだろ。そういう大会みたいなのに行ったって聞いた」

七瀬は困ったようにうつむいた。

「……棄権したんで」

青が口を開く気配がして、遮るように立ち上がった。

「やっぱりお風呂入って、寝ますね」

青に背を向けて、七瀬は逃げるように縁側をあとにした。

このままだとその理由まで話さなくてはいけなくなりそうだったから。今日初めて会った人の前で、情けなく泣いてしまうのだけは避けたかった。

2

――カーン……

遠くに甲高い音を聞いた気がして、七瀬は目を開けた。

枕元のスマートフォンは真夜中の二時を指している。

耳を澄ませると、音はたしかに続いていた。それもずいぶん近いところから聞こえている気がして、七瀬は布団から立ち上がった。

窓から見える庭の向こう、平屋の邸の窓に明々と光が灯っている。

祖母の店、質屋『千古屋』だった。

少し迷って、眠気と恐怖に好奇心が勝った。階下に降りて、靴を履いて庭を横切る。たどりついた店の裏口からそっと中をのぞきこんだ。

「わ……あ」

七瀬は、思わず声を上げていた。

『千古屋』の中は、ときを一つ二つさかのぼったような様相だった。

天井の太い梁は飴色にくすんで褪せている。部屋の左右に造りつけられた木の棚が、天井までそびえていた。中央には錆びた南京錠がぶら下がる年代物のガラスケース。

裏口に近い店の奥には、三畳ほどの畳敷きの間があった。猫脚の卓と座布団が二つ。靴を脱いで上がれるようになっている。

すぐそばのガラス窓はゆるく波打ち、天井からぶら下がった橙色の電球からこぼれる明かりを、ぐにゃりとゆがませていた。

「――なんだ、起きたのか」

後ろからかけられた声に、七瀬は飛び上がりそうになった。振り返ると、木箱を両手に抱えた青が立っている。七瀬の横をすり抜けて店に入ると、畳の上にどさりと箱を置いた。

「入れよ」

手招かれて、七瀬はおそるおそる店に足を踏み入れた。

「すみません、勝手に……変な音がして起きちゃって」

あの音は今も続いている。カーン、カーン、と何かと金属を打ち付けるような甲高い音だ。ああ、と青がつぶやいた。

「あれはどこだったかな……」

ぽつりとつぶやいて、あたりの棚をごそごそと探り始めた。

七瀬はといえば、すでに音よりも店の中のものに目を奪われていた。

「……これ、売り物なんですか？」

「ああ、質流れしたやつ」

質流れとは、借りた元本と利子を期間内に払うことができず、質草が質屋のものになることだ。質屋はこれを売ることで、元本を回収するのである。

棚に並んでいたものは、七瀬が想像していたものとずいぶんちがっていた。

ブランド物のバッグや時計や、アクセサリーや宝石は一つもない。

かわりに何かを干した黒々としたものや、木の根や、赤い紐のかかった大きな箱。札の貼られた壺、なんだかよくわからない絵に、大きさのちがう古い瓶などが棚に並んでいる。

七瀬はその瓶を一つ手にとった。小さな黒い粒がぎっしりとつまっている。紅茶で染めたような茶色のタグがぶら下がっていた。癖のある筆文字が見える。

『蝦蟇の目　ひとさじ四千五百円』

目を疑った。隣の瓶のタグをひっくり返す。『黒蜥蜴の粉末』。その隣は『魔女の死蠟』。こちらはひと削りで二万八千円。

タグをつまんだまま困惑していると、そばを通り過ぎた青がちらりと視線をよこした。

「それ、どっかの魔女が持ってきたやつ。海外から観光に来たはいいけど、帰りの飛行機代がないから金貸してくれって置いていったんだ」

「……魔女?」

魔女ってあの魔女だろうか。おとぎばなしに出てくるような、魔法を使う女の人だ。

混乱したままの七瀬に、青がガラスケースを指した。

「これ持ってきたやつも面白かったな」

赤い座布団の上に置かれているのは、見間違いでなければ入れ歯だった。上の歯だけで、鋭くギザギザ尖っている。タグには『吸血鬼の牙、三百万円　取扱い注意』。

「そいつ、付き合ってる彼女がいたらしいんだけど、その子の親が急に病気になったらしくてさ。金を都合できたら結婚してくれるからって、上の歯だけ置いていったんだよな」

吸血鬼も最近は詐欺にひっかかるんだな、と七瀬は呆れたように遠い目になった。

棚やガラスケースの中に詰め込まれた品物は、すべてそんな調子だった。

青い絨毯にのった眼球、『真実の眼　七千六百円』。小指の先ほどの透き通った『妖精の羽　一万二千円　片方』。『河童の皿　三千円　ひび割れ注意』、『死霊の六文銭　二千円一枚』、『牛鬼の角　二十一万円　傷アリ』

棚の上からこちらをギラリと睨みつける人間の顔、『木乃伊の頭　値段応相談』から必死で視線をそらした七瀬は、ようやく恐怖が追いついてきたのを感じた。

なんだ、ここ。やっぱりおかしい。

「あ、青さん、あの……！」

ここって何なんですか。おばあちゃんは何の仕事を――いや、だれ相手に仕事をしていたんですか。

そう問いかけようとしたときだ。

「――ああ、あったあった。こいつだよ、ふたがずれてて音がもれたんだな」

青が棚の一番下から、その壺を引きずりだした瞬間だった。

はっきりわかるほど空気の密度が増した。

どろりと重苦しく、息をするだけで肺が押しつぶされそうになる。

カアァァアン――……。

甲高い金属音が店中に響いた。思わず耳をふさいだ。

「ああもう、うるっせえなあ」

壺の中に手をつっこんだ青が、それをずるりと引きずりだした、瞬間。

ひっ、と七瀬は、息をのんだ。

藁人形(わらにんぎょう)だ。細い藁があちこちから飛び出した粗雑なつくりをしている。胸と頭に太い釘が突き通っていて、そこから黒い汁がどろりとあふれていた。

カアァァアン……。

音とともに、だれも触れていないのに、ずぶり、と頭の釘が沈む。

「ちゃんとふたしとけば静かだから」

壺に人形を放り込んだ青は、陶器(とうき)のふたを閉めてしっかりと紐をかけた。茶色のタグには『呪いの藁人形』。

がく、と視界が下がって七瀬は自分の腰が抜けたのだとわかった。ぺたりと地面に座りこんで、震える声でつぶやいた。

「……ここ、おかしいですよ」

青が、その目をきゅうっと細めた。黒い瞳に電燈の明かりがぼんやりとうつる。

「はは、そうかもな」

その瞳がふいに月と同じ、金色に見えた気がして、七瀬はふるりと身を震わせた。


——つまり、こういうことらしい。

祖母の経営する質屋『千古屋』の商売相手は、人間ではない。

人ならざるものである。

「もともと千登勢さんのずっと前、初代が江戸時代に始めたんだとさ」

なんとか畳に這(は)い上がった七瀬は、おそるおそる店の中を見回した。

「じゃあここにあるこの変なものたち、ぜんぶ本物……ってことですか」

蛙(かえる)の目玉も、蜥蜴の粉末も、吸血鬼の牙も……呪いの藁人形も。

「ああ。人ならざるものから質草(しちぐさ)を預かって人間の金を渡す。そういう商売だ。ああいうものも、あんがい人間の金が入り用になる」

青が抱えた壺の中からは、ずいぶんと小さくなった釘の音が、けれどまだずっと聞こえている。ずぶりと人形に沈む釘とあふれる黒いものを思いだして、七瀬は身を震わせた。

「それも質草ですか……？」

　青は自分の手元に視線を落として、うなずいた。

「山の杉の木が持ってきたやつだ。こいつは売り物じゃないんだけど、置きっぱなしで忘れてた。こういうのは本来、蔵なんだよ」

　青が裏口から出ていこうとするのを、七瀬はあわてて追いかけた。こんなところに一人にされてはたまったものではないからだ。

「杉の木？」

「ああ。古い杉が化けたやつ。このあたりは『丑の刻参り』で有名だからな」

　庭をゆっくりと渡る間、青がぽつぽつと話してくれた。

古い能に『鉄輪』という話がある。女が憎い相手を恨んで、夜中に貴船神社に参拝し自ら鬼となる。それがさまざまな伝承といりまじり、いつしか人を呪うときには夜中に藁人形に釘を打つということになった。

「それで今でも、山に入って藁人形に釘を打つ馬鹿がいてさ。杉の木は、その恨みを金に換えに来るんだよ」

　青が静かに嗤った。愚か者、とそう言っているような気がした。

　では釘が沈むたびにあふれたあの黒いものが、藁人形にこめられた恨みなのだろうか。

「そういうのって迷信じゃないんですか?」

　はは、と青が笑った。

「ここは貴船だぞ」

　ぶわりと風が吹いた。

　強く山のにおいがした。清涼でそれでいて押しつぶされるような圧迫感がある。

「すべての気が生まれ満ち、水と山が何をもはぐくむ」

　空気の密度はいまだ濃く、刺すような冷気は七瀬を取り巻いたままだ。

　青は付け加えるようにつぶやいた。

「善し悪し、分け隔てなく」

　人の想いが生まれ、水と山がはぐくみ、凝る。善いものも、悪いものも。

　七瀬はごくりと息を呑んだ。だからこの場所に、人ならざるものの店があるのかもしれないと、そう思った。

　七瀬が案内されたのは庭の端、古びた桜の木の奥に立つ白壁の蔵だった。

「よいしょ」

青が重い蔵の扉を引き開ける。厚さ十センチはあろうかという扉が、重い音を立てて開いた。天井近くに切り取られた窓から、夜の青い光が差し込んでいる。

明かりがついた瞬間。七瀬は、思わずつぶやいた。

「汚い……」

蔵の真ん中には、四畳ばかりの畳が引き出されている。その上には布団が敷かれ、脱ぎ散らかされたTシャツやデニムが散乱していた。

Tシャツの胸にプリントされた、クマやアヒルや猫やアルパカをじっと見下ろして、七瀬はぽつりと問うた。

「……もしかして青さん、ここに住んでますか」

「ああ、ここおれの部屋」

そうだろうな、と七瀬はどうにもかわいいそのTシャツを、なんとも言えない気持ちで見下ろした。

青が片手で布団をめくった。あらわれた蔵の床は木造りになっていて、八十センチ四方の真四角の切れ込みが入っている。青が片側に設けられた取っ手をつかんで引き開けた。

そこは地下室への扉のようだった。

とたんに吹きあがってくる湿った黴のにおいに、七瀬は眉を寄せた。埃を吹いて現れたのは階下へ続く入口だ。

　木の階段は何十年前につくられたのか、褪せて乾きあちこち毛羽立っている。ぎしり、と背筋が震えるような音を立ててきしむ階段を、七瀬は青のあとに続いて降りた。

　最後の一段を降りて、何かを——たぶん床を踏みしめたとき。

　七瀬は、はっと顔を上げた。

　突然、その場が静まったような気がした。それは奇妙な感覚だった。今まで騒いでいた何かが、息をひそめてこちらをうかがっている。そんな感覚だ。

　身を縮めて、電燈でぼんやりと照らされた周囲を見回した。

　地下室の天井は高く、あちこちに棚が作りつけられているせいで見通しは悪いけれど、存外広いようだった。

　棚には、店で見たような不気味なものが詰め込まれている。

　明かりにぼんやりと浮かび上がる生白い手首——『屍蠟の手　昭和三十五年』から、うっすらと目をそらしながら、七瀬は前を進む青に問うた。

「これもぜんぶ売り物ですか?」

「ここは、預かりもの。うちは定期的に利息さえ納めていれば質流れしないから、質草をここに保管してるんだよ」

ではタグに記載された年号は、預かった日ということだろうか。

「これ、六十年も前のものなのに、ずっと預かってるんですか？」

「それはほら、長生きなやつも多いからさ」

ここが人ならざるものの質屋だということを思い出して、七瀬は納得した。

青は藁人形（わらにんぎょう）の壺（つぼ）を納める場所を探しているようだった。もう壺を押し込む場所もないほど、棚にはたくさんのものが並んでいる。

棚の一番上、片目の仮面は、ぽかりと開いた眼窩（がんか）の向こうを見通すことができない。その隣、瓶詰（びんづめ）にされているのは、ゆらゆらと揺れる青白い炎。よどんだ色の水晶玉の隣には、針が十一本の時計、厳重に紐でくくられた掛け軸がひと山……。

白と茶のまだらの猫は、陶器の置物だった。つるりとした表面に電燈の光が柔らかく反射している。

ずらりと並ぶ奇妙なものたちが、だんだんと面白くなってきたところだった。

――ことん。

七瀬は背後に小さな音を聞いた。振り返る。

その先は歩いてきた通路が闇に呑まれているだけだ。気のせいだろうか、とそう思って前に向き直ったとき。

——ことん。こと、ん。

耳の奥でどくどくと鼓動がなっている。息が速くなる。

やっぱり、何かが追いかけてきている。

ごくりと息をのんだ。

振り返るのは怖い。けれど何もわからないのも怖い。不安と恐怖の狭間(はざま)で、不安が勝った。七瀬は意を決してばっと振り返った。

そのとたん。ふっと目の前を縦に何かが通り過ぎた。

ぐしゃり、と水分の多い果物が砕(くだ)けたような音。足先にぱたぱたと滴(しずく)が散った感覚があって。

七瀬は思わず視線を下に落とした。

「——え」

うねった黒くて細いものが、足元にわだかまっている。二度、三度震えるようにうごめいたそれは、やがてこちらを向いて——黄色く濁(にご)った二つの目が、七瀬を見上げていた。

人の首だ。

そう思った瞬間、喉の奥から悲鳴があふれ出した。

「——きゃあああっ！」

とたんに、蔵の中の気配がぶわりと膨らんだ。がたり、ごそ、ごそり。何かがいっせいにうごめきだす。そのすべてが七瀬をうかがっている。

やがてするりと髪に触れるものがあった。吹きかけられる吐息に振り返ると、足元から何語かもわからない言葉でささやかれる。

今まで眠っていたものが一気に目を覚ました。そんなふうだった。

「やだ、やだ！」

「七瀬!?」

青の声を背中で聞いた気がする。けれどそれに答える余裕はなかった。

真っ暗な通路の闇に向かって、床を蹴った。ぐん、と体が前に押し出される。頬が黴臭い風を切る。久しぶりの感覚は体に馴染んだ。

階段を一段飛ばしで駆け上がって、蔵の外に転がるように飛び出した。

庭の柔らかな下草に膝をついて、上がった呼吸を整える。開きっぱなしの蔵を睨みつけた。怖かったけれど、背を向けたり目をそらす気にはなれなかった。

澄んだ空気の中で、ようよう息が整ったころ。

青がのそりと蔵から出てきた。

「大丈夫か？」

へら、と笑う能天気なそれに苛立ちすら覚える。憤りと、とおり過ぎた恐怖にほっとしたのもあるのだろう。目じりから押し出されるように熱いものがこぼれた。

「こ、怖かった……んですよ」

「うわっ」

青がびく、と飛び退った。視線を泳がせて、やがてためらうように七瀬の前にしゃがみこんだ。

「泣くなって。あいつら見た目は怖いけど、おまえのこと、とって食ったりしないから」

大きな手がおろおろと、七瀬の前を行ったり来たりしている。

本当にどうしていいかわからないのだろう。そろりと顔を上げた先、涙でゆがんだ視界の向こうで、青がまなじりを下げていた。

その困り切った顔がなんだかおかしくて。

すん、と鼻を鳴らして、七瀬は涙で濡れた声でつぶやいた。

「……もういいです」

涙をぬぐって空を見上げる。山の空は暗く、宝石を砕いたような星がキラキラと瞬いている。ほっと息をついた。それで、ようやくひと心地ついた。

吹き抜ける風は涼やかで、けれど山の夜は重くどこか得体のしれないものをその闇に含んでいる。そういう気がした。

寝るか、と立ち上がった青が、思い出したようにこちらを振り返った。

「――やっぱり、聞いてたとおりだ」

ぱたぱたと土を払っていた七瀬は顔を上げた。その先で青が屈託なく笑っている。

「おまえ、足速いんだな」

ざわりと心が波立った。あいまいにうなずいた自分は、上手く笑えていただろうか。

3

翌日。薪と焚火に懲りた七瀬が、寝不足の目をこすりながらつくった、ご飯とみそ汁の朝食をとったあと。青は店を開けると言った。

「予約が入ってんだよな」

和紙がつづられた分厚い帳面を、青のごつごつとした指先がぺらりとめくる。七瀬は少しためらったあと、意を決して問うた。

「わたしも、一緒にいてもいいですか。お仕事の邪魔はしません」

「……いいけど、大丈夫か？」

昨日、庭で泣きじゃくった手前、大丈夫とは胸を張って言い難い。

けれどどこの土地のことを、この人ならざるものの場所のことを、祖母の店のことを、もう少し知りたいと思ったのだ。


――昼過ぎに訪れたその客は、木野さとと名乗った。

白い髪を丁寧に結い上げた、背の低い老婦人だ。白い花の散った藤色の着物を、濃緑の帯と桃色の帯締めでまとめている。

畳に背筋を伸ばして正座した彼女に、七瀬は湯呑に入った茶を差し出した。うかがうように観察する。いまのところどう見ても人間だ。

よくとおる静かな声で、彼女はほろりと言った。

「質草を引き取りに寄らせてもらいました」

つまり元本と利息の金を返すので、預けたものを引き取りたいということだ。分厚い帳面をめくっていた青が首をかしげた。

「あんたの名前で記録がないんだけど」

「借りたのはうちの主人です。うちは商売をやらせてもろてましてね、ずいぶん前、開業のときにこちらさんからお金を借りたそうです」

さとの夫、木野幸助は『絹晴』という屋号で、この貴船で絹織物の商売を始めた。六十年以上も前のことだそうだ。

「じゃあ先代のころだな」

青がうなずいた。幸助が質草を預けたのは祖母の一つ前、曾祖父のころだ。

「その夫がしばらく前に、他界いたしまして……」

膝の上で丁寧に重ね合わせられていたさとの指先が、小さく震えた気がした。

亡くなる前、幸助はさとに封筒を渡して告げたそうだ。

自分が死んだら、貴船の『千古屋』から、預けた質草を返してもらうように。

さとの差し出した封筒の中身は、和紙の証文だった。筆文字の後ろに朱の印がいくつか捺されている。最後に見えるのは『千古屋』の屋号、手前が金額と質草の内容だろう。

ミミズがのたうちまわるような筆文字を、七瀬は読むことができない。けれど、青がわずかに目を見張ったのがわかった。

「ずいぶんな額を借りたんだな」

さとは小さく肩を震わせて笑った。懐かしそうにきゅう、と目を細める。

「人やないものがお商売を始めるのは大変やったんやて、そう言うたはりましたえ」

「……えっ」

驚いたのは七瀬のほうだ。まじまじと顔を見つめていると、さとがくすりと笑った。

「うちは人間え」

「すいません……」

あわててうつむいた七瀬に、さとはええよ、と朗らかに笑う。

「人やなかったのは主人のほうやけど――」

さとは目を細めて、内緒話をするようにそうっと声をひそめた。

「うちもね、あの人がほんまに、何やったんかは知らへんのえ」

その口元が静かに微笑んでいる。柔らかく、けれどさびしそうで、ともに暮らす大切な人を喪った悲しさが滲んで見えた。

少し混乱した。七瀬の心には昨日の蔵の恐怖がまだ重く残っている。

どうしてさとは、結婚しようと思ったのだろうか。人ですらない、何か得体のしれないものと。

柔らかな視線はそのままに、さとはその薄い唇を噛んだ。

「せやけどお恥ずかしい話、今うちには返せるだけのお金があらへんのです」

このままでは夫が預けた質草は流れて、『千古屋』のものになってしまう。だから、とさとは続けた。

「主人は絵の目利きやってね。うちにある絵を見合うだけ持っていってくれ言うてましたんえ」

　青が一つうなずいた。

「うちはそれで構わないんだが、一つ聞いてもいいか」

　うなずいたさとの前に、青が証文を広げた。

　あちこち虫を食ったような古い和紙の、真ん中より少し端を指す。躍るような字で描かれたその二文字は七瀬にも読むことができた。

　──『吉祥』

「どうもこれが質草みたいなんだけど……具体的に何なのか、聞いてないか？」

　絵なのか物なのか、それともそれ以外の何かか。

「うちもようわからへんのです。ただ『千古屋』さんに行けとだけ」

　さとがゆるく首を横に振る。ふうん、と青が相槌を打った。

「……まあ、蔵を探せば見つかるだろ」

　──だがことは、そう簡単にはいかなかった。

　後日木野家を訪ねる約束をして、さとが帰ったあと。青が半日かけて蔵の中を探しても、その『吉祥』を見つけることはできなかったというのである。

翌日、山を下る道路を貴船口駅のほうへ向かいながら、青が深々とため息をついた。

「やっぱり、『吉祥』とやらが何かわからないと探しようがねえよな」

「質草のリストとかないんですか。どこに置いてあるのかわかるような……」

「あるけど、役に立たねえもん。勝手に動き回るし、かくれるし逃げようとするし。地下からは出られないはずだから、あそこにはいるんだろうけど」

なるほど、あんな重い扉の向こう、さらに地下に押し込められているのは、そのせいなのだろう。

ともかく木野幸助が預けた『吉祥』が何かを知らなければならない。

そこで手がかりを得るため、元本の査定も兼ねて早速、青と七瀬は木野家を訪ねることにしたのである。

木野家の本邸は、橋を渡って山側へ少し入ったところにあった。

道の奥まったところに、山を開くようにぽつりと大きな邸が現れる。二階建ての日本家屋で、広大な母屋に渡り廊下でつながった離れがいくつか連なっていた。

案内された客間には、夏の風がよくとおった。どこかに吊るされた風鈴が、ちりん、ちりんと涼やかな音を立てている。ガラス障子の向こうには、白砂の敷かれた庭がよく見えた。大きな池に枝を伸ばしているのは、桜の木だろうか。

七瀬は出された茶をすすりながら、わずかに首をかしげた。

なんとなく暗いような気がするのだ。丁寧に整えられたこの場所に少しずつ影が忍び寄っている。そんな気がする。

それは夏の太陽にまばゆく照らされた白砂の隙間から、下草が生えているからかもしれないし、見渡した離れのすべてが雨戸で閉ざされているからかもしれない。

人の手が入らなくなった邸が少しずつ朽ちていく。そんな雰囲気がした。

「――うちには金はない。悪いが帰ってくれ」

足音荒く客間に現れた男は、襖を引き開けるなりそう言った。

あっけにとられた七瀬と青の前に、男はどかりと座った。白髪が混じる年頃の男で、顔立ちはさとに似ている。

少し遅れて、さとがあわてて顔を出した。

「祐輔、挨拶もせえへんと、お客さんの前え」

「母さんやろ、この人らを呼んだんは。質屋やて？　しかも六十年だか、七十年前だかの金を返せて……」

苛立ったように男は舌打ちした。母、という以上は、さとの息子なのだろうか。

「いや、うちはどっちでもいいんだけど」

けろりとした顔で青が言った。

「金が返せないなら、預かっている質草がうちのものになるだけだから」

「それはあかん」

ぴしゃり、さとが言った。それから小さく首を横に振って男のそばに腰を下ろす。

「主人は、質草だけは何をおいても返してもらうようにて——息子が失礼いたしました。主人の絵は、どれを持っていってもろてもかまへんから」

だん、と床を踏みしめて祐輔が立ち上がった。

「あかんて！　あれは売って金にするんや。そうやないと……父さんの会社が……」

祐輔がぐ、と手のひらをにぎりしめた。かみしめた唇が震えている。見ているほうが胸がつぶれてしまいそうなほど、悲痛な表情だった。

「そういやさとさんも、金ないって言ってたな。会社つぶれそうなの？」

あまりにあっけらかんとした声に、七瀬はぎょっとした。青が茶を飲み干して首をかしげている。ぽかんと口をあけた祐輔が、勢いをそがれたように座りこんだ。

さとが静かな声で、つぶやくように言った。

「半年ぐらい前やろか。あの人の具合が悪くなって、寝込むようになってね。不思議やね……幸助さんが弱ると途端に、お商売も弱るみたいやった」

貴船のこの地から始まった『絹晴』は今、京都の中心である繁華街や観光地にいくつか、絹を使った小物の店を持っている。

昔ながらの客から観光客まで少しずつ販路を増やし、ほそぼそながら堅実に何十年も続けてきたその商売は、坂道を転がり落ちるように悪くなった。

客は『絹晴』の店に見向きもしなくなり、半年で二店舗を閉めた。このままいけば一年もしないうちに、『絹晴』はその商売ごとたたまなくてはいけないだろう。

さとも祐輔も必死だった。

やがてさとは悲しみも必死さも押し隠すように、柔らかに笑った。

「よその人にする話やあらへんかったね。――主人の部屋に案内します。絵も用意してありますし、それからお預けした『吉祥』とやらの手がかりも、あるかもしれへん」

青がうなずいたので、七瀬も立ち上がった。

うつむいたままの祐輔の背に、どんな言葉をかけるべきか――それともかけないほうがいいのか、七瀬にはわからなかった。

この邸に満ちる静かで陰鬱な空気は、きっとこれだったのだろうとそれだけがわかった。

さとのあとについて、離れに向かう廊下を歩いていたときだ。

視界の端を何かが走り抜けたような気がして、七瀬は庭を見やった。白砂にじっと目を凝らす。

「どうしはったん？」

少し先でさとと青が立ち止まっている。七瀬は二人に駆け寄った。

「いえ、庭を何か走っていったかも、と思って」

小さくて黒かったような気がする。そう言うと、青が眉を寄せた。

「鼠か？」

「いややわ。うちは鼠はおれへんはずやけど」

さとが、ほっそりとした指先をそろえて頬にあてた。

「主人がえらい鼠を嫌ってて、何度も駆除したんえ」

思い出したようにさとが肩を震わせた。

「面白かったんえ。うちは絹を扱うから鼠は嫌やて幸助さんは言わはるんやけどな。鼠がかじるんは蚕や繭やろ。うちで飼うてるわけでもないのにてよう笑ててん」

思い出を語る口調はほろりと柔らかく震えるように切ない。それはまるで、ふつうの夫婦のようだった。人と、人ならざるものではなく。

「……すみません、たぶん気のせいだったと思います」

七瀬はあいまいに笑った。

そう、と首をかしげて、先を歩くさとの小さな背を見つめた。

どうしてこの人は、人ならざるものと結婚しようと思ったのだろう。怖くなかったのだろうか。人ではないものと生きていくとは、どういうことなのだろう。

人と人でさえ、ともに生きていくのは難しいのに。

妙な苛立ちに胸を焼かれながら、七瀬はそのあとを追った。

さとに案内されたのは、離れの一角にある十畳ほどの和室だった。

畳は古く褪せているけれど、毛羽立ちの一つもない。この部屋だけは毎日、丁寧に掃除されているのだろうとわかった。

床の間には深い青の花瓶と掛け軸が一服。花瓶には小さな向日葵があしらわれている。掛け軸は濃緑の地に銀の一文字、牡丹と蝶の描かれた小ぶりなものだ。

縁側に続く障子を引き開けると、薄暗かった部屋にさっと光が差し入った。艶のある小さな文台が一つ。その上に、革の手帳や紙の束が置かれている。

「なんや必要やったらと思て、主人の手帳と日記はそこに——絵は隣の部屋に」

半分ほど開けられている襖の隙間から、隣の部屋が見える。畳にずらりと並べられたのは、おびただしい数の絵だった。

ほとんどは軸装されている。広げられているものは少しで、大半は丸められたまま漆の盆に載せられていた。薄い箱に収められ、部屋の隅に重なっているのは一枚絵だろうか。

青がうなずいた。

「ひとまず、おれは絵からいくか。七瀬、日記のほうを頼めるか?」

「は、はい!」

返事をしたものの、おそるおそるめくった日記はすべて筆文字である。呼び止めようと顔を上げると、青はすでに隣の部屋に消えていったところだった。

日記を手に七瀬が硬直していると、ふふ、と柔らかな笑い声がした。さとだ。

「ほんなら、うちがお手伝いしよか」

そう笑うと、さとは七瀬の前に腰を下ろした。

柔らかな指先が、するりと日記をめくる。ひとつひとつ文字をたどって、柔らかくその目を細めた。ああ、そうかと七瀬は思った。

そこにはまだ、さとの夫がいるのだ。

「——さとさんは、どうして結婚したんですか」

ほとんど無意識だった。顔を上げたさとにじっと見つめられて、あわてて言い募った。

「すみません、あの、いや……だって——」

さとの夫は、人間ではない。

「……怖くなかったですか」

さとは、少し考え込むように唇を結んで、やがて困ったように微笑(ほほえ)んだ。

「ちっとも」

だって、とほろりと笑う。頬が淡く染まる。澄んだ瞳にキラキラと星が散って、まるで年若い少女のようにかわいらしかった。

「幸助さんのこと、好いてしもたから」

――出会いは三条鴨川(さんじょうかもがわ)の橋の上。

高校生だったさとが落としたハンカチを、幸助がひろったのが始まりだ。幸助は四条(しじょう)にある呉服店(ごふくてん)の従業員だった。

何年かして幸助は言った。貴船で会社を興(おこ)す。扱うのは呉服店で縁のあった絹だ。

「なんで貴船なんやろう、て思たえ」

商売なら慣れた四条でやったほうがいい。さともちろん、そう言った。

「でも貴船がええんやて。あそこが落ち着くから――ぼくらの場所やから、て」

四条にある小さな喫茶店(きっさてん)、赤いビロウドが敷かれた椅子(いす)に向かいあって、内緒話をするように幸助は言ったのだ。

――ぼくは、人やあらへんから。

最初はおかしなことを言う人だと思った。けれどたしかに思いあたることもある。

「とにかく暗闇でもようものの見える人やった。それになんやろうね。気配も薄いいうんかな。ふとどっか行った思たら突然後ろにいたりしてね。よう驚かされたわ」

そうしてさとは、幸助と生きることを決めたのだ。

「でも、その話は、それきり」

幸助はそのあと、病の床についてしくなるその最期まで、人ならざるものの姿をさとに見せることはなかった。自分がいったい何であったのか話すことも。

「祐輔も、お父さんのこと知らへんやろうなあ」

さとがことさら、祐輔に話すこともなかった。たぶん息子はこのまま、父のことを知らずに生きていくのだろう。それもまたいいかもしれないと、さとは笑った。

七瀬はてもちぶさたにページをめくった。書き連ねている文字は慣れると少しずつ読むことができるようになった。

さとと結婚した日が人生で何より幸福であったこと。商売が軌道に乗ったこと。息子が——祐輔が生まれたこと。それがあまりにうれしくて、幸福には際限がないと知ったこと。手をつないで、はじめて貴船の川のそばを歩いた日。小学生になった日、中学生になった日、商売を継ぎたいと息子が言った日。

それは家族への愛にあふれていた。

祐輔があれだけ苛立っていたのは、父のことが大切だったからだ。残したものを守りたかったからだ。この家は父と母と息子と。家族の絆でしっかりとつながっている。

見ていられなくなって、七瀬は日記を閉じた。視線を外に逃がしたのは、そうしないと胸の奥からあふれてしまいそうだったからだ。

いいな、うらやましい。

わたしには――そんなのはなかった。

さとが胸の前で指先を重ね合わせた、

「『吉祥』が何かわからへんけど……幸助さんがうちらに残してくれはったものやさかい……どうしても取り戻したいんえ」

それはこの先の『絹晴』と、家族の幸せをも祈っているように見えた。

「がんばって、探さないとですね」

さとが柔らかくうなずいてくれて、ほっとした。

ぎゅう、と胸の底が痛くなる。

なんとか笑えている。まだ大丈夫だと、そう思った。

リンと、甲高い風鈴の音が鳴る。

日記をめくり始めてどれくらい経っただろうか。『吉祥』の手がかりはなく、集中力が切れて、うん、と七瀬が伸びをしたときだった。

ばんっと襖が、たたきつけるように引き開けられた。

「七瀬――見てみろ！」

輝かんばかりの笑顔で、青が右手に掛け軸をにぎりしめている。

「国芳だぞ、お宝だ！」

クニヨシ、と七瀬は首をかしげた。美術はあまり得意ではないのだ。青がもどかしそうに右手を振った。

「歌川国芳だ。江戸時代の絵師だよ！」

手元のスマートフォンで調べると、「歌川国芳」なる絵師は、すぐに現れた。青が言うとおり、江戸時代の浮世絵師である。

多くの作品が残っているが、中でも戯画を得意とした。

ずらずらと画面に現れる絵のかずかずに、七瀬は思わず見入った。

恐ろしい顔をした黄色と黒の大蜘蛛、人間の顔を人間の体で描いたもの、目を奪われたのは、巨大なガイコツが、大きな体で画面いっぱいに覆いかぶさっているさまだ。

どれも、博物館や美術館に飾られるようなものだという。

七瀬は青の傍ら(かたわ)から、襖の向こう側をのぞきこんだ。

スマートフォンに表示されるようなおどろおどろしい絵は、そこには一枚もなかった。ほどかれた掛け軸に描かれているのは、たいてい猫だ。

画面の端でくるりと丸まっているもの。うんと伸びをしているもの。中には人のように着物を着て、踊りまわっているものもある。

歌川国芳は猫を好んで描いたのだと、そういえば書いてあった。

さとがいぶかしそうにつぶやいた。

「国芳て……本物やあらへんよね」

「ああ、ほとんどは後世の複製品だ。でも……何枚か混じってるぜ。——本物だ」

ニヤリと笑った青が差し出したのは、くすんで変色した飴(あめ)色の紙に、小さな猫が丸まっている絵だった。ふっくらとした毛並みは、触れるとふかふかとあたたかそうだ。

くしゃりと崩れた顔が幸福そうで、見ているこっちも笑みがこぼれそうだった。

さとが呆然とつぶやいた。

「……本物？」

「たぶん。鑑定の必要はあるけど、もし本物の国芳ならおおごとだ……なあ、元本がわりにどれでももらっていいんだったよな」

　青がはしゃいだ声を上げる。

「売れば大金持ちだぞ」

「青さん、その前に質草を探さないと、お宝も何もないですよ」

　七瀬はあわてて言った。

　元本としてその絵をもらうには、質草の『吉祥』を返さなくてはいけないのだ。そしていまだその手がかりは見つかっていない。

　青が急かすようにこちらを向いた。

「七瀬、なんか見つかったか？」

　首を振った七瀬に青は肩を落とした。くすくすとさとが笑う。

「ちょっと休憩にしはったらどうえ。ちょうど、お茶もはいったとこやしね」

　招かれた縁側に、小さな盆が用意されていた。漆塗りの盆には、小さなグラスが三つ。ガラスの切子で、夏の光を透かして縁側にゆらゆらと青い陰影を描いていた。

　傍らに添えられたのは水色の小さな皿だ。上に生菓子が一つのっている。餡をはさんで二つ折りにされた生地は、青色。端に波紋を表す二つの輪が刻まれていた。

　夏を感じる涼やかな菓子に七瀬は顔を輝かせた。

「すごい……」

　さとがグラスを片手に、視線を宙に投げた。

「主人がこだわる人でね。花とか花瓶とか、お茶もお菓子も、お客さんが来はったときは、手ずから選ぶのが好きやった」

　さまよった視線は、もういなくなってしまった大切な人を探しているように見えた。

　床の間に飾られた小ぶりな向日葵も、涼を感じる器も、菓子も、きっと今年はさとが一人で選んだのだろう。そう思うと少し切なかった。

　妙な顔をしたのは、青だった。

　床の間の掛け軸をじっと見つめて、ぎゅうと眉を寄せている。

「あれも、今年はさとさんが選んだのか？」

　天地の裂は濃緑、一文字は銀。わずかに茶色味がかった横長の本紙の、右上には朱色の牡丹が鮮やかに花開いている。中央をぽかりとあけて、左上には黒い羽を持つ蝶がひらりと一匹飛んでいた。

「夏、って感じじゃないけど」

　たしかにと七瀬も思う。手前の床の間、深い青の花瓶に花開く向日葵の鮮やかさと、どこかちぐはぐに見えた。ああ、とさとがつぶやいた。

「あれはね、特別やの」

「特別？」

青が問い返す。

「あの人の床の間は、ずっとこのお軸なんえ。季節も関係あらへん、家を建て替えてもずっとここ。これだけは特別やからて、いつもそう言うてはった」

菓子を丸ごと飲みこんだ青が、じ、と掛け軸を見つめた。特別、と口の中でその言葉を転がしている。

つぎの瞬間、はじかれたように青が立ち上がった。その瞳がにぃ、と細くなる。笑みの形に吊り上がった唇から、はは、と笑いがこぼれたのがわかった。

「なるほど。七瀬見つけたぞ――『吉祥』だ」


木野家を辞したあと。七瀬と青は、ふたたび『千古屋』の蔵の地下室に降りることになった。青が『吉祥』を探す、と言ったのだ。

薄暗い蔵の中で、恐怖をごまかすように七瀬は問うた。

「それで、吉祥って何なんですか」

左右の棚（たな）を見回しながら青が言った。

「絵に描かれるものには、意味や決まりごとがあるものも多い。たとえば、鶴や亀は縁起(えんぎ)がいいって言われてるだろ」

鶴も亀も長く生きるものの象徴だ。縁起物として扱われることは七瀬もよく知っていた。

「あの床の間の掛け軸も、そうだ」

七瀬は鮮やかに花開く牡丹を思い浮かべた。右上を埋めるように開く花のそばに、ぽかりと隙間(すきま)があった。その左上には黒い蝶がひらりと舞っている。

「牡丹ですか？」

「ああ。富(とみ)とか、繁栄(はんえい)とか、そういう意味がある」

それからもう一つ、と青が言った。

「――ボウテツ」

青の言葉に、七瀬はきょとんとした。棚のあちこちに顔をつっこんでいた青が、こちらを振り返ると、手のひらに指でさらりと字を描いた。

「漢字だと『耄耋』。モウテツともボウテツともいう。どっちの字も長寿をあらわす」

複雑な指の動きに眉を寄せながら、七瀬が見上げた先で青が続けた。

「ボウテツは吉祥図だ。このテツってのが、中国語で発音が同じだってことで、蝶が描かれるようになった」

あ、と七瀬は顔を跳ねあげた。

「吉祥!」

でも、とふたたび考え込むように首をひねる。

牡丹は別として蝶がテツ。あの絵にはそれ以外に描かれているものはなかったはずだ。

「じゃあ『ボウ』は、何なんですか?」

「それが、木野幸助の質草だ」

掛け軸にはたしかに、牡丹と蝶の間にぽかりと開いた空間があった。何か描かれていたとしたらたぶんそこだろう。つまり——。

「木野幸助は絵の一部を、うちに預けたんだ」

青が笑った。とたんに背筋を冷たいものが走った。

そうだ、ここは人ならざるものの質屋だ。

七瀬のおびえを感じ取ったのかもしれない。ざわりと、気配がうごめいた。

「七瀬——猫を探せ」

青の声に、顔を上げる。思わず問い返した。

「猫?」

「ああ。『ボウテツ』の『ボウ』は猫だ。そのあたりにかくれてる、探せ」

その瞬間、かたりと音がした。

は、と振り返った先。小さな陶器の置物があった。この間の夜には微動だにしなかった、白と茶がまだらに混ざり合った——猫の置物。

ふいにギラリ、とその金色の瞳がこちらを向いた。

「青さん！」

思わず七瀬は叫んでいた。とたんに瞬き一つで、陶器だったそれはふかふかの毛並みに変わる。伸ばした手をするりと抜けて、だんっと後ろ足で棚を蹴った。

「あいつだ、七瀬、逃がすな！」

「はいっ！」

狭い通路を縦横無尽に駆け巡る猫に手を伸ばす。

その首元に手が届いた瞬間、ぱしりと尾で払われて、猫は棚の上に駆け上った。からかうように前足で顔をぬぐいながら、ごろごろと喉を鳴らせている。

ふつふつと闘志が湧いた。

「見てろ……」

ぐっと足に力をこめる。

「おい、気をつけろ、周りのもの落とすなよ」

青の言葉を背に、七瀬はがっと床を蹴(け)った。地面を踏みきって片足を棚に引っかける。その瞬間、がつ、と腕に何かがぶつかった。

着地と、何かが割れるがしゃんという音が同時だった。まずいと思ったときだ。

蔵の空気が一気に重たくなった。どっと冷気が這(は)い上がる。

割れた壺(つぼ)から、どろりと何かが滴(したた)っている。昨日青が店から蔵へ持ち込んだ壺——藁(わら)人形(にんぎょう)の壺だった。

黒い粘着質の液体の一部が鎌首をもたげた。

黒い蛇に転じたそれは、ぱかりと口を開ける。鋭い二本の牙が見えた。

棚端に逃げ込んだ猫が、おびえるように身を震わせる。

猫が食われてしまう。

「だ、だめ」

震える手を叱咤(しった)して、七瀬は猫に手を伸ばした。ぴくりと黒い蛇が止まった。黒い目が、こちらをぐるりと睨(にら)みつける。背筋が凍った。

「……その猫は、だめ」

声が震えている。さとの幸せそうな、さびしそうな顔がよぎる。この『吉祥』はさとのところへ返さなくてはいけない。幸せな家族を、取り戻さなくてはいけないから。

黒い蛇が狙いを定めるように口を開くのを、七瀬は凍りついたように眺めていた。

「馬鹿！」

頬の横をかすめた蛇の頭に、七瀬は一瞬で我に返った。青の右腕が襟首をつかんで引いてくれなかったら、蛇の牙は七瀬の喉笛に突き刺さっていたはずだ。

「何してる、さっさと逃げろ！」

「でも……猫が！」

ちっと舌打ちした青が、もう片手で硬直していた猫の首をひっつかんだ。こちらに投げてよこす。あわてて受けとめた猫を七瀬はしっかりと抱えた。

「猫と外に出てろ」

唸るような青の怒鳴り声に、七瀬は転がるように走り出した。階段を駆け上がって、蔵の外に飛び出す。

ぺたりとその場に座りこんだ。せめて腕の中の猫は逃がさないように。しっかりと抱えて、そのふかふかの毛並みに顔を埋めた。

安堵と情けなさと、そうして不安で泣いてしまいそうだった。

――最初に謝ったのはどうしてだか、蔵から戻ってきた青のほうだった。

「……悪い、怒鳴った」

金色の髪をぐしゃぐしゃとかきまぜてため息をつく。

外はすでに遅い夏の夕暮れを迎えていた。

「あれは恨みが凝(こご)ったものだ。釘を打つほど強い思いが凝り、ああいう姿になる」

夏草を踏んだのだろう。青いにおいがした。顔を上げると、吐きつぶされた青のスニーカーが目に入った。

「もうつかまえて壺に入れておいたし、落ちないところに戻した。だから大丈夫だ」

少し離れたところにしゃがんで青が言った。この間の夜のように、七瀬が泣いているとどうしていいかわからない。そういう顔をしていた。

安心させようとしてくれている。たぶん、心配もしてくれている。

それがうれしくて情けなくて、七瀬はぎゅ、と腕の中の猫を抱え込んだ。

少しの間があって、青が言った。

「なんで逃げなかった。あれがやばいって、わかっただろ」

七瀬はのろのろと顔を上げた。

「猫が、さとさんと幸助さんにとって……大切なものだから」

幸助はこの『吉祥』を、絶対に返してもらうように、とさとに言った。国宝のような絵と引き換えにしたって惜しくないほど大切なものだ。

それがあの日記に書かれたような、幸福な日々につながるのかもしれないと、そう思った。だったら取り戻さなくてはいけない。だって――。

「せめて、さとさんたちには、幸せになってほしいって思った」

それから夕暮れの赤が青い闇に変わるまで、青はじっとだまって待っていた。互いの顔も判然としない黄昏(たそがれ)の中。七瀬はやっと震える唇を開いた。

「……うちは、だめだったから」

――両親が離婚したのは、七瀬が小学校三年生の冬だった。

幼い記憶にこびりついているのは、父も母も、消極的に自分を互いに押しつけあっていたこと。そうして〝仕方なく〟母に引き取られたことだった。

母は忙しい人だった。東京中を駆けまわり、しょっちゅう出張だと海外に行き、一人で大丈夫ね、といつも眉間(みけん)にしわを寄せて七瀬にそう言った。

父と離婚してからずっと、母の笑った顔を見たことがなかった。

七瀬は母に笑ってほしかった。毎日一人で過ごしながら、そのための方法をずっと、ずっと考えていた。

五年生になって陸上クラブに入ったのも、それが理由だった。

まだ父と母が優しかったころ。たった一度だけ両親がそろってきてくれた運動会の、百メートル走で七瀬は一番になった。

そのとき、すごかったねと笑ってくれた母の顔を、また見たかった。

けれど六年生になって中学生になっても、母はこちらを見てくれなかった。学年で一番になっても、学校で一番になっても同じだった。

「中学生の後半は、もうほとんどお母さんうちにいなくて……仕事場の近くにマンション借りて、そこに住んでたんだと思います」

ときどき帰ってきて、生活に足りるぶんだけの金を置いて、またどこかへ行った。毎日一人でご飯を食べて、テレビを見て眠って。

七瀬はずっと一人だった。

陸上を続けていたのは半ば意地と、願掛け（がんかけ）だったと思う。いつか母はきっとわたしを見てくれる。そう願って走り続けた。

「この春、短距離の地区大会で入賞したんです。これで全国大会に出られるって思った」

これできっと、母にほめてもらえる。

その日、家に帰ると珍しく母がいた。大会の結果を七瀬が口にする前に、母は言った。

「三年間、海外で暮らすんだって。わたしはもう高校生だから……寮に入りなさいって」

一緒に行こうと、母は言わなかった。

母の中でそれはもう決定事項で、七瀬が何を言っても覆らないとわかった。

「それでぜんぶ嫌になっちゃった。走るのも大会も部活もやめて、学校も嫌で……」

そんなとき、祖母が言ってくれたのだ。

――ほんならうちに来たらええ。貴船においで、七瀬。

そうしてぜんぶ、何もかもを放り出して七瀬はここへ来た。

七瀬は顔を上げて、けんめいに笑った。

「だからせめて、さとさんのおうちは、守りたいの……」

幸助の日記を見たとき、さとの話を聞いたとき、ひどく動揺した。

くやしくて、ずるいとすら思った。だって人と人が家族でいることができなかったのに、人とそうでないものは、強い絆で結ばれている。

なんて――うらやましくて……きれいなんだろう。

……だから、七瀬はそのきれいなものを、守りたかった。

「だってもう、わたしのおうちはだめだから……わたしは――一人ぼっちだから」

うつむいて肩を震わせた。ぎゅう、と力をこめた腕の中で、猫がにゃあ、と鳴いた。

くしゃりと、七瀬の頭にあたたかいものが触れた。

青の右手だ。髪をぐちゃぐちゃにかきまぜて、やがて離れていった。戸惑いとためらいをたくさん含んだ、乱雑でちょっと腰の引けた手だった。

「大丈夫だよ」

ぶっきらぼうなその声に七瀬は顔を上げた。青がじっと夜空を見上げていた。いつの間にか、夜に沈んだ空に星が瞬き始めている。

「ここは貴船だ。血のつながりなんて関係ない。人と化け物でも、人と人でも——強く望めば、この山が必ずはぐくむ」

ぼう、と青の瞳が輝いたような気がした。

人が持つ色ではとうていない。月と同じ金色の瞳だ。

そういえばこの人は何者なのだろう。祖母の店を手伝って、人ならざるものたちと向かいあっている。

「ちょっと休んで、ここから始めるんだ。おまえにもちゃんと縁ができる」

大丈夫だと、青はつぶやくように言った。

「……一人じゃねえよ」

七瀬は唇を結んだ。

べつに青が何者でもいいか、と思った。

背を叩いてくれるその声が、そばに寄り添ってくれる瞳が、ずっと優しいから。

4

七瀬と青は、猫を抱えたまま木野家の邸に取って返すことになった。腕の中でじたばた暴れる猫は、一度逃がせばもう一度つかまえるのは難しいだろうと青が言ったからだ。

午後八時を過ぎたころ。

猫を抱えて訪った二人を、怪訝そうな顔をしながらもさとは出迎えてくれた。

廊下を歩きながら青の話を聞いたさとは、おおよそ信じられないといったふうに、七瀬の腕の中で、いまにも逃げ出しそうに暴れている猫をまじまじと見つめた。

「ほんまにこれが、うちの人がお預けした『吉祥』なん?」

「ああ。これを絵に戻せば、質草は返したことになる。おれたちは元本がわりに『国芳』をもらって帰れるってわけだ」

あんなお宝の絵をもらって、青はどうするつもりなのだろうか。七瀬はなだめるように猫の背を撫でながら肩をすくめた。

あの不可思議なものたちの中において、売るつもりだろうか。『歌川国芳　猫絵　本物』。

そんなタグがぶら下がる光景を想像して、冷や汗が伝った。できれば博物館に寄贈できないか、祖母が戻ったら相談したほうがいいかもしれない。

そう思ったときだ。

七瀬の腕の中で、猫がびくりを身を震わせた。金色の瞳がじっと見つめる先は、ちょうど今、さとが引き開けた障子（しょうじ）の向こうだ。

幸助の部屋だった。

床の間には蝶と牡丹（ぼたん）の掛け軸が飾られている。あの真ん中、ぽっかりと開いた隙間（すきま）に、この猫が戻るはずで――。

七瀬は、ぐっと眉（まゆ）を寄せた。

「あの掛け軸って、あんな柄（がら）でしたっけ」

左端の空間に黒い染みが浮いている。七瀬が首をかしげたとたん。ざわりと波打つように染みがうごめいた。ぞっと背筋に冷たいものが走る。

「――面倒なのがいるな」

一瞬だれの声かわからなかった。鼓膜（こまく）を震わせて背筋を滑り落ちる、氷のように冷え切った声だ。振り返った先で青が笑っている。

「七瀬、下がれ」

氷の声で名を呼ばれて、七瀬は震える唇を結んでうなずいた。

電燈に照らされた絵の影が揺れ動く。ぼこり、と泡がはじけるような音を立てて、影が壁から押し出された。

「なに、なんや……」

廊下まで下がったさとが、震える声でつぶやいた。

丸い影は壁からぞろぞろとあふれ出て、小さな動物の形をなした。甲高い声を立てて何匹も床を這い始める。丸い耳にこぶしの大きさのずんぐりとした体。細い尾がぞろりと這い回る。赤い光がじっとこちらをうかがっていた。

鼠だ。

七瀬ははっとした。今日の昼間、見かけたあの影を思い出したのだ。

「猫の留守中に棲みついたな。猫が戻ってきて騒ぎだしたか」

舌打ち交じりの青の声が耳を打った。

ぞろりと音がしたかと思うほど、鼠の赤い目がいっせいにこちらを向いた。怒りをはらんでぎらつく。縄張りに踏み込んだものに対する明確な敵意だ。

「さとさん、ここから離れろ」

そう言った青の言葉が、合図になったかのようだった。影から生まれた鼠たちが鋭い歯をむき出しにして、波打つように飛びかかってくる。

七瀬がぐっと身を固くした瞬間。

最初の一匹が、目の前からはじき飛んだ。

「……え」

青が左手で打ち払ったのだと気がついたとたん、その右腕が自分の腰に回った。

「猫、離すな。暴れんなよ」

答えるいとまもない。ぐん、と重力に逆らって体が浮いた。

豊かな葉を纏(まと)わせた桜の枝が、目の前を通り過ぎる。頬(ほお)が風を切って、ふりまわされた視界の向こう——満天の星空がうつった。

そう思ったときには、すとん、と軽い衝撃とともに、どこかに降ろされた。

眼下には広大な木野邸の庭。深い山々を見渡すことができるその場所は、屋根の上だ。

……今、飛んだよね。七瀬は硬直したまま青を振り返った。片手に七瀬を抱えて、庭から屋根に跳びあがった。とても人間業(にんげんわざ)ではないと思った。

けれど、と七瀬はごくりと息をのんだ。

どこかで七瀬自身も、それに気がついていたのだ。

炊飯器(すいはんき)も洗濯機(せんたくき)も使えない、まるで世捨て人のような生活も、ずっと感じていた冷たく重苦しい気配も。

深い夜空の下に輝く、黄金色に変わったその瞳も。

おおよそ人のものではない。

「——……青さんも、人間じゃないんですよね」

沈黙が答えだった。

月明かりが、薄く笑う青の顔を照らす。今までの青のように明るくも柔らかくもない。ただ冷たいだけだ。

「どうして、言ってくれなかったんですか」

存外責めるような声が出た。

先ほどまで牙をむいていた猫が、今度は七瀬の胸に顔を埋めるように、ぎゅうぎゅうと丸くなっている。たぶん青におびえている。

七瀬だって怖い。ぼんやりと輝く金色の瞳を見つめているだけで、体中が戦慄(わなな)いて、気を抜くと叫びだしそうだった。

唇を結んだ七瀬を見て、青がふと笑った。それはひどく悲しそうに見えた。

「だって、怖いだろ」

七瀬は答えられなかった。

瞬き一つでなにごともなかったように青は続けた。

「あの鼠をなんとかするか」

「……あ、あれ、何なんですか」

声に震えが残っている。青が苦笑したのがわかった。

「家財を食い荒らす鼠だよ」

どろりと凝ったあの黒い姿は、七瀬にも覚えがある。藁人形の壺から滴った、人の思いが凝ったものだ。

「商売ってのはどんなに丁寧にやってても、恨みも妬みも買う。それがあの鼠だ。猫がいなくなって、あの絵に巣くったんだろ。あの部屋を縄張りにしてる」

さて、と青がくしゃりと金の髪をかきまぜた。

「鼠退治には猫だと、相場が決まってる、この猫を掛け軸に戻せば、鼠どもはいなくなるはずだ」

戻すって、と七瀬は眼下を見下ろした。掛け軸からあふれ出した鼠が、じっとこちらに赤い瞳を向けている。十匹や二十匹ではない。

「おまえ、ここで待ってろ」

「青さんは、どうするんですか？」

「鼠を蹴散らして、猫を戻す」

「あの数ですよ！」

七瀬は思わず叫んだ。青がどういうものかはわからないけれど、無事でいられるとはとても思えなかった。

「なんとかなるよ。ここで待ってろ、すぐ終わるから」

突き放すようなそれに、ぐ、と七瀬は手のひらをにぎりしめた。

その冷たさは、怖いだろ、とそう言ったときの瞳だった。

なんだかそれが、むしょうに腹立たしかった。

わたしが怖がるから、距離をとろうとする。

自分から突き放すようにして、きっとこの人は一人になる。

くしゃりと髪をかきまぜてくれた、あの大きな手を思い出した。

大丈夫だと、一人じゃないと言ってくれたその言葉が背を押してくれたような気がした。

「わたしがおとりになります」

そう言って、七瀬は猫を青の腕に押し込んだ。

「あの鼠、縄張りにつっこんだら怒るんですよね。じゃあわたしがおびき出して、走って逃げます。その間に青さんが猫を戻してください」

「待て、それならおれがおとりをやる」

七瀬は首を横に振った。

「わたしにできるのは、たぶん走って逃げることだけです」

部屋の中に鼠が残っていたら、七瀬では太刀打ちできない。

ぐ、と青が唇を結んだ。

「わたしも青さんを手伝います」

青の左腕をつかんだ。はじかれるように振り払われる。けれど七瀬は諦めなかった。

「だから上手くいったら、ほめてください。よくやったって……笑ってください」

しばらくためらってやがて青は、深く息をついた。

ぐしゃりと金色の髪をかきまぜて、やがて苦い顔で言った。

「無茶すんなよ」

腰に青の右腕が回る。ふわりと体が浮く感覚。気がつけば、七瀬は靴の底で庭の白砂を踏んでいた。

部屋からあふれ出した鼠が、ぞろりといっせいにこちらを向いた。

スニーカーの紐を確かめて、二、三度屈伸する。

しばらくトレーニングもしていない。けれど体中が熱かった。今なら走れる気がした。

まっすぐに縁側に向かって歩く。鼠たちの視線を感じながら、縁側に飛び乗ったところで、波打つように鼠たちがうごめいた。

障子に手をかける。ここから先が鼠の縄張りだ。

「さあ、来い！」

叫んで部屋に踏み込むと、いっせいに鼠たちが牙をむいた。最初の一匹が飛びかかってきた瞬間に身を翻す。縁側から飛び降りて白砂の庭を駆けた。

どろどろと恐ろしいものが追ってくるのがわかる。

庭の白砂に敷かれた石畳を狙って、足を踏み込んだ。

夜の風が頬を叩く。狭い庭を抜けて山道に飛び出した。かろうじて燈る外灯を頼りに、橋を渡る。風が耳の奥で鳴る。

重い山の気配も、何も、七瀬を止められない。

前だけを見て走った。

頭の中から余計なものが、一つひとつ吹きちぎれては飛んでいく。

それがたまらなく心地よかった。

すべてが終わった部屋の中は、散々な有様だった。畳には得体のしれない引きずられたような黒い跡が残り、障子は破れ、はずれて転がっている。

文台も花瓶も畳に転がって、向日葵の花びらが無残に飛び散っていた。

掛け軸だけがなにごともなかったかのように、床の間に静かにかかっている。

呆然と立ちすくんでいるさとに青が言った。

「それが木野幸助が、うちに預けた『吉祥』の姿だ」

白と茶色のまだらの猫が、とりすましたような顔でぴんと背筋を伸ばして、牡丹と蝶々の間に収まっていた。前足を伸ばして、目の前をひらひらと舞う蝶を追っている。反対側の前足の下に黒々とした鼠が一匹、踏みつけられていた。

それは最初からこうであったかのように自然にうつった。

名もなき絵師が描いた吉祥画であり、鼠よけの猫の絵だった。

青が言った。

「邸に猫がいなくなって、この絵には家財を荒らす鼠が巣くった。たぶん、あんたたちの商売が傾いたのも、そのせいなんじゃないか」

さとが目を見開いた。眉を寄せる。

「でも、この絵にはずうっと猫なんかいてへんかったえ」

商売が傾いたのは、主人である幸助が病にふせってからだ。

うなずいた青が、ちらりと掛け軸を見やった。

「いたんだよ、ここにはずっと、こいつとは別の猫が」

あ、と七瀬は顔を上げた。鼠を嫌ったという、邸の主。彼がふせって具合が悪くなると、とたんに、鼠が巣くって商売が傾いた。

さとも同じことに思いあたったようだった。青が静かにうなずいた。

「木野幸助は、この絵に描かれた猫だったんだ」

それが人に化けて、人として生きてきた。さとと結婚し貴船の地で商売をし、子どもを儲(もう)けて人として死んだ。

けれどその本質は失われていない。

鼠よけの猫として、吉祥の象徴として、家財を食い荒らす恨みや妬(ねた)みを退け幸福を得た。

けれど、と七瀬はとりすました顔の猫を指した。

「じゃあ、あの猫は何なんですか?」

木野幸助がこの掛け軸の猫であるなら、『千古屋』が質草(しちぐさ)として預かった『吉祥』はいったい何なのだろう。

青が小さく息を吸った。やがて吐息とともに青が言った。

「寿命(じゅみょう)」

一瞬口元に浮かべたそのさびしい笑みに、七瀬は胸をつかれたような思いがした。

——名もなき絵師が描いたのは、美しい牡丹のそばで蝶と戯れる猫の絵だった。足元でむんずと鼠を踏みつけたその姿は、吉祥をつかさどり、そして家財を守る鼠よけの絵としても好まれた。

古い貴船の宿に長く飾られていたとき、ある日ふいに、猫は自分が自由の身になったことに気がついた。凝り固まった体をほぐし、しばらくは意気揚々と猫の姿で生きた。

人に化けるようになったのは、興味深かったからだ。

この神の土地にやってきて願い、話し、やがて街へ戻っていく。猫もそれについてときおりふらりと街へ出かけた。

そのようにして長く生きた。

時代がくるくると変わり、だんだんと人の身が馴染み人のように生き、仕事まで得て暮らしていたころ。猫は一人の少女と出会った。

かわいくて可憐で、百数十年を生きる中で、こんなに心が躍ったことはなかった。この人とともに、ずっと暮らしたいと思った。

できれば、ともに死にたいとも。

猫は考えた。人の寿命は精々、七、八十年。それなら自分もそれだけでいい。残りを切り分けて金にしよう。そうして貴船の宿を買い取って商売をする。ずっと、ずっと一緒に生きるのだ。

人の寿命がつきるその日まで。

「──木野幸助は、自分の寿命を『吉祥』として、うちに預けた。それで借りた金で商売を始めたんだ」

質草を取り戻せば、まだずっと化け物の身で生きていくことができた。けれどそうしなかったのは、人として生きて死ぬことを選んだからだ。

そうしてその終わりが見えたとき、幸助は言った。

自分が死んだら『吉祥』を取り戻せ。

それを絵に戻せば、もうずいぶん年老いてしまった、自分が愛した少女と、愛(いと)おしい息子を、これからもずっと守ってくれるだろうから。

「質草を流れさせずに利息を払い続けてきたのも、そのためなんだろ」

青の言葉に、傍(かたわ)らでさとが膝から崩れ落ちた。ほろほろとあふれた涙が頬(ほお)を伝って、畳に零(こぼ)れ落ちていく。

涼しい夏の夜の風が、あけ放たれた部屋に吹き込んだ。青いにおいがする。

ゆらりと揺れた掛け軸の、鼠（ねずみ）を踏みつけた『吉祥』の証（あかし）が、誇り高く胸を張っている。

これから自分は、この邸と家族を守るものだと。そんなふうに。

泣き崩れるさとのそばにしゃがみこんだ七瀬は、ふと顔を上げた。青の瞳は夜をたたえたような黒に戻っている。

きゅうと細められたそれが、絵の中の猫を見つめている。

口元からこぼれたそれを七瀬はたしかに聞いた。

「よかったな……」

ひどくうらやましそうなそれは、憧憬（しょうけい）を含んでいる。

人として生きて死んで、よかった。そう言っているように聞こえた。

5

部屋の片づけを手伝って、七瀬と青が『千古屋』に戻ってきたのは、夜中も過ぎたころあいだった。眠たそうに伸びをした青は、そのまま蔵に戻ってしまうつもりらしい。

七瀬は引きとめるように言った。

「そういえば青さんて、何なんですか」

結局、屋根の上では聞かずじまいだった。

青がためらって。やがて諦めたように口を開いた。

「鬼」

きょとんとした。青の上から下までじっとながめて、ぎゅうっと眉を寄せる。昔話でよく見るような角も牙もない。

薄く笑った青の瞳がぼんやりと金色に輝いた。

「おれはずっと昔、人を食う化け物だったよ」

氷の気配にぞっとした。

顔がこわばったのがわかったのだろう。青がまたあのさびしい笑みを浮かべた。右腕をゆっくりと七瀬の前に差し出す。

「昔ここで、右腕を質草に金を借りた。かわりに人の腕をもらった」

思わず青の右腕と左腕をまじまじと見比べた。見た目ではちっともわからないけれど、そういえば、と七瀬は一つ思いあたった。

青が七瀬に触れるときは絶対に右手だった。鬼の腕である自分の左手で、七瀬に触れることはしなかったのだ。

「安心しろ、むやみに近づかねえから。千登勢さんが帰ってきたら、おれは出ていくよ」

そう言って青はひらりと手を振った。

情けないけれど、やっぱりまだ怖いと思った。蔵の中に青の背が消えて、氷の気配が薄れて、そうしてはじめて七瀬は息をつくことができるのだ。

それではだめだと思った。あの人の背に、左手に触れて——大丈夫だよと言いたかった。

そんなさびしい顔をしないで、と。


——蔵の窓から見上げる空は、ずいぶんと小さい。

布団に転がりながら、青は小さく息をついた。

まだ『千古屋』ができたばかりのころ、年若かった初代から、青は自分の右腕を質草に大金と、失った腕のかわりに人の右腕を借りた。

ともに暮らしたい人がいて、人間を装うためだった。しばらく人間のような生活をして、ある日、その人が死んで唐突に終わった。

それから青はずっと一人きりで、山にこもって眠っていた。

ふと起きて自分の右腕を探そうと思った。とうに質流れしているだろう右腕を探して、『千古屋』を訪れたとき。出迎えてくれたのは年老いた女だった。千登勢といった。

初代はとうに死んでいて、いつのまにそれほどときが過ぎていたのかと思った。思えば街の様子もずいぶんちがっていた。

その道にはその道の伝手というものがある。腕を見つけたいなら店番を手伝えと、千登勢は言った。百数十年ぶりに人のもとに居ついてみようと思ったのは、化け物に物おじしない千登勢が珍しかったからか。

それとももう、一人で暮らすのに飽いたからか。

留守にしがちな千登勢をしばらく手伝っていると、ある日戻ってくるなり彼女は言った。

東京から孫が来る。だからしばらく面倒を見てやってほしい。

冗談じゃない、面倒なことには付き合っていられない。出ていくと腰を浮かせた青を引きとめたのは、千登勢の言葉だった。

「あの子もあんたと一緒で、ずっと一人なんえ」

千登勢は恥じ入るようにそう言った。

その子を一人にしたのはその母で、ほかならぬ千登勢の娘だったからだ。

千登勢の娘は孫がまだ幼いころ、夫と別れた。それから娘を引き取って大切に育てていると思っていたのが、どうやらちがっていたらしい。

孫は――七瀬はずっと一人だった。

ああ、きっとそれはさびしい。

胸に迫るその冷たさを、青はよく知っている。

そう思ってしまったから、逃げられなかった。

せめて怖がらせないように、人を装おうと思った。捨てられていたファッション誌を読みあさって、伸ばしっぱなしだった黒髪を切って、見よう見まねで金に染めた。怖がられないためには『かわいい』が大切だと書いてあったから、クマやアヒルや猫のTシャツを買った。

これで怖くないから。大丈夫だから。

化け物の手で触れたりしないから――。

おれを一人にしないでくれ。

呑まれそうな貴船の夜を見上げながら、青はぽつりとつぶやいた。おびえたような七瀬の顔を思い出したくなくて、ぎゅっと目を閉じたときだ。

どんどん、と蔵の扉が震えた。外からだれかが叩いているのだ。

身を起こした青が重い扉を押し開けた先。青い夜に沈むように、七瀬が立っていた。まっすぐな顔でこちらを見上げている。

「……なんだよ」

気まずくて視線をそらしたときだ。七瀬の手が青の手をつかんだ。それが左手だったから、青はあわてて振り払った。

「やめろ」

「嫌です。だって約束、果たしてもらってないです」

青は眉を寄せた。七瀬の瞳は、まっすぐ自分を見つめている。

「ちゃんと走れたらほめてくださいって、わたし言いました」

そういえば、そんなことも言っていたか。それに胸が痛んだ。この子はずっとほめられないまま、きっとこうして我慢してきた。

小さく嘆息して、青はぽつりとつぶやいた。

「……よくやった。がんばったな」

顔を上げた七瀬が目をまん丸に見開いたのがわかった。じわりとその瞳が波打った。あ、また泣くかもしれないと思った。

やめてくれ、人の泣き顔は苦手なんだ。

ぐっとこらえて、七瀬はうなずいた。

「……明日、わたしがごはんつくります。ちゃんと母屋に来てください」

「おまえ、話聞いてたか」

苛立(いらだ)ったような青の言葉に、七瀬はぱっと顔を上げた。

「青さんが言ったんですよ。ここは貴船で、人と化け物でも、望めば山がはぐくむって」

ぶわりと風が吹いた。真夜中の澄んだ風が頰(ほお)を撫(な)でる。

自分らしくない金色の髪が、視界の端で躍った。

「青さんのことは怖いです。でもそれでぜんぶ諦めちゃうのは、ちがうから」

七瀬はぐっと涙をぬぐった。すがるように青の手に触れて、くるりと背を向けた。

「待ってますから」

ばたばたと母屋に走っていく。

七瀬が触れた左腕から、そこに残るわずかなぬくもりが、ぽかりと開いた心の底を満たしていくような、そんな気がした。

見上げた貴船の空は天の川(あまのがわ)まで見える満天の星空だった。

思い立ったように青は息をついた。

蔵に戻ろう。そして布団をかぶって寝てしまおう。明日は――……。

明日はきっと、早く起きなくてはいけない。

彼女が母屋で、朝ごはんをつくって、待っていてくれるだろうから。

猫化生

氏家仮名子

清子は喪主であったが、ぼう、としていた。

蟬の鳴く声ばかりがよく聞こえ、鼻先には線香の匂いが凝っていた。

身じろぐと、座布団につぎをあてた縫い目が、喪服ごしに膝をこすった。穴の空いた米袋を裂いて糸替わりとするのは、いくら物がないといえあんまりであったか。秩父の山中に位置するこの村では、数年前までどの家でもお蚕さんを飼い、生糸を山と吐かせたものだ。しかし今では桑の木の多くが切り倒され、芋畑に姿を変えている。

葬儀は、村の女たちがほとんど差配してくれた。いつにもましてぼうっとした清子に任せておいたら、この気候である、弔いの前に骸が臭い始めると恐れたようだった。清子は女衆に「これでよいか」と形ばかり問われ、はい、はい、と首肯だけして今日を迎えたが、それで花も提灯も棺も、わずかながら客にふるまう酒まで、きちんと揃っていた。「村のもんに手間かけて、不出来な嫁が」と、姑が棺の中で悪態を吐くのが聞こえるようだった。

新たにやってきた老夫婦が、「この度は」と頭を下げる。その面相がどこの誰であるか判然とする前に立ち上がり、黙って礼をした。

「さぞかし心残りでしょうねえ。一人息子を戦地にやったままじゃあ……」

妻の方がそう嘆息するのが聞こえた。彼らが麓の街に住む親類筋であると思い出した時には、夫婦はもう背を向けていた。

　ふと、足元にまとわりつくものがあった。視線を下げれば、黄色い両目が見上げている。

「せん。今日はお客様がたくさん見えるから。奥か、おもてで遊んでて」

　やなこった、とでもいうように、その痩せっぽちの三毛猫は一つ鳴き、板間の上に寝転がった。これ、と抱き上げたところで、背後に声がした。

「街じゃ、犬は供出することになったらしいが」

　兵隊さんの帽子にするそうな、という声は、寄り集まった人々がさざめく座敷から、ぽっかりと浮き出したように耳に届いた。

　せんの毛並みが、その下にひしめく肉が暖かくて、掌にじっとりと汗をかく。

「猫じゃあ、いくらも毛皮はとれんだろ。それに山の猫は化生だと、昔っからいうでないか。潰したりなんぞした日にゃ、祟られるに決まってる」

「家についた猫なら、平気じゃないかね」

　振り返るとしかし、冗談めかした声は、大勢のそれに馴染んで立ち消えてしまった。

　ざり、とせんが清子の右眉の上を舐めた。

　そこには生まれた時分から、小さな、しかし青々とした痣がある。今はここにいない夫も、これを撫ぜたことがあった。清子が恥じると、「おれの嫁さんにはかわいいおまけが付いていて、得なもんだと思ったんだよ」と笑ったものだ。

夫の丹羽明は一年前、清子が十九の時に召集された。村の多くの男たちと同じように、南方へ向かったと聞いている。便りが絶えて久しいので、それ以上は知りようがない。

清子が洟を垂らした子供であった時分から、せんは我が物顔で村を闊歩していた。主人である明が行くところにはどこへだって影のようについて歩く、犬のごとき忠義者の猫であった。明も明で、同年の子等に「猫憑き」と囃されても、せんを追い払ったりはしなかった。それどころか二、三日もせんが家を空けると、せん、せんと呼ばわりながら棚田の畔を上り下りした。村人たちは遠巻きに「あすこの息子はやはり猫憑きだ」と笑ったが、野良仕事をしながら聞く明の声は悲痛で、身につまされた。清子も納屋の裏や社の陰を、猫が潜んではいまいかと覗いてみたほどだった。しかし主人の心配をよそに、せんは行方をくらましても必ず戻り、数日後には元通り明に寄り添う姿が見られた。

そのようにせんは主人を愛し主人に愛された猫であったが、村人にはすこぶる評判が悪かった。行儀良くしているのは明の前だけで、その目の届かぬところでは、畑に穴掘って糞をし、他人様の家の壁で爪を研ぎ、溜池の蛙をいじめ、魚屋の隙を狙っては盗みを働くという有様で、村人はこの不遜な三毛猫を見かける度に箒を振って追い払った。しかしせんは不思議と清子には懐き、顔を見ると走り寄ったりだとか、畦道で腹を見せてくれたりだとかして、そうすると清子の方でも無下にはできなかった。

明に、せんの歳は訊かずじまいだった。愛猫の歳だけでなく、清子と明の間には、当たり前の夫婦であれば交わされただろうあらゆる会話のないままだった。それも仕方のないことだった。二人は丹羽家に赤紙が来てから慌ただしく結婚し、式を挙げたわずかに二週間後、明は入営のため山を下りた。

明の声を思い出そうとすると、「すまない」という言葉がいつも最初に浮かぶ。

夫婦であった二週間、明は幾度となくそう繰り返した。

「おれの勝手で、すまない」

別段謝ってもらういわれはないと思ったのだけれど、口下手の清子が、いえ、とか、そんな、とか言う間に、明はまた「すまなかった」と口にするのだった。

「おれが、清子に惚れたばかりに」

丸眼鏡を押し上げながらそう言われると、顔を熱くして俯くほかなかった。

清子の両親はすでに亡い。清子は母の姉の家で育った。その伯母によれば、母は産後の肥立ちが悪く死に、父は巡礼の流れ者で、「妹を孕ませるだけ孕ませて消えた」そうだ。

「お前の親にはならん。放り出すのはお天道様に申し訳が立たんから、置いてやるだけだ」というのが、伯母の決まり文句であった。伯母にしてみれば、清子は妹を手籠めにした男の娘であり、妹を殺した女だった。そんな娘を不承不承ながら家に住まわせ、小学校にまで通わしてやったことには、いくら感謝されても割に合わんと口酸っぱく言われた。清子もそれはその通りだと呑み込んで、家の手伝いを放って遊びにゆく従兄弟たちを横目に、子守やら野良仕事やらに勤しんだ。そんな境遇で、額には痣まで浮いている。まして清子が適齢となった頃には、若い男は次々と戦地に向かい、きちんとした家の娘でさえ嫁ぎ先に困る有様だったので、清子なぞに順番が回ってくるはずもなかった。

　だのに、ある日伯母は清子を囲炉裏の前に座らせた。常なら伯母の家族がぐるりと囲み、清子は座るのを許されない場所だった。

　伯母は「お前に縁談だよ」と言い捨てた。「私に?」と目を瞬くと、三白眼にぎろりと睨まれて、それで何も喋ってはならんのだと了解した。

「相手は池端の丹羽ん家だ。支度もなんもかんも、用立ててくださると」

　池端の丹羽と聞いて、当家の堂々たる門構えと、屋敷の背後に広がる溜池とが思い浮かんだ。あそこは一人息子だから、縁談相手といえば、あの悪名高い三毛猫の飼い主である丹羽明になる。物静かな印象のその人は、清子より一つ年上のはずだった。勉強がよくできると評判だったが、父親が死んで、上の学校に行くのは止したと聞いた。

「あすこの家にな、昨日の晩、赤紙が届いたって話だよ」

　どうしてあんな立派な家から縁談がと訝しんだ清子だったが、いっぺんに納得した。

　普通の娘には、結婚を申し込んだところで断られると踏んだのだろう。以前は召集から入営まで数か月ほど猶予があったものだが、今は報せが届くやいなや、千人針も間に合わぬまま慌ただしく山を下りるのが当たり前だ。形ばかり結婚して、帰るともわからぬ夫を待つ身となりたい娘など、いくらお国のためとはいってもそうはいない。

「よかったじゃないかい、清子。お前のようなもんにも貰い手があって」

　反応を期待するように、伯母の目玉がぐうっと前にせり出したが、清子は黙って指をつき、次いで額も床につけた。

「これまで、お世話になりました」

　否は清子にない。そのように、育った。

　戦中ゆえ、花嫁行列なんかはなかった。けれどかつては姑のものだったという引き振袖を着せてもらい、式を挙げた。もてなしに並んだのは赤飯に見立てた大豆入りの飯と芋の煮たのだったが、その時分としては豪勢な式だった。華美にすぎる、街では食うにも困るというのに、と村役が憤慨するほどだったが、姑が「お国のためじき立つ息子に、このくらいは」と涙を浮かべれば、それ以上口を尖らせる者はなかった。

　戦争が長引き、物資に窮（きゅう）するようになっても、みながみな鋤（すき）を取って暮らすこの村には、少なくとも食い物はあった。轟音（ごうおん）と共に飛来する爆撃機も、山は素通りした。街で余らした爆弾一つ村外れに落とされた時など、老いも若きも列をなし、空いた穴を見物に行ったものだった。それでも、まったく昔と変わりなしとはいかなかった。三日に一度は来ていた麓（ふもと）の魚屋が、週に一度しか見ないようになり、月に一度になり、やがて訪れが絶えた。代わりに一介（いっかい）の主婦が食い物を求め、リュックに晴着を詰めて山を登るようになった。男たちは櫛（くし）の歯が欠けるように、一人、また一人と山を下りた。男手が減り、農馬も軍馬にするのだと取り上げられてしまって、田畑の負担は重くなった。そこへ来て自分たちの食い扶持（ぶち）のほかに、供出の分も用意しなくてはならなくなったから、お蚕（かいこ）さんはみんな止めてしまった。村はずいぶん、貧しくなった。

　式が終わり、ようやっと寝間で二人になって眼鏡を外すと、明は「すまない」と、後に清子の記憶に最も強く残ることになるその言葉を、早速吐いたのだった。

「何を、謝られるのですか」

　そりゃあ、と明は眉を下げて笑った。笑うのを、初めて間近に見た。それで、笑むと目尻に皺（しわ）が寄るたちであると知った。これまで野良仕事で一緒になったり、棚田でせんと歩くのを遠く見かけることはあっても、話したことさえろくになかった。覚えているのは、いつの初夏のことだったか、一緒になって田植えした時に「君の植えた苗は、素晴らしくまっすぐだなあ」と感激した声をかけられたことくらいだ。明の言う通り、清子が植えた一画は、物差しではかったようにぴしりと苗が並んでいた。しかしそんなことを言った人は、明が初めてだった。仕事の遅さをどやされるのが常であったから、嬉しいよりも照れくさく、「風変わりな人である」という印象を清子に残した。

「二週間後には出立（しゅったつ）だ。真っ当な夫婦にはなれっこない。君はそんな男と結婚させられてしまったんだよ」

「私は、お嫁さんにはなれないと思っていましたから。しかもこんな立派な家の」

　実際、丹羽家は門構えに劣らず家内も広く、伯母の家が優に二つは入りそうだった。舅（しゅうと）が存命中は使用人も置いていたが、二人暮らしとなって、かえって持て余すと暇を出したらしかった。

「池端の丹羽」の由来となる溜池も、裏庭の竹藪（たけやぶ）の向こうに広がっていた。溜池といってもさほど広くはなく、せいぜいが丹羽家の敷地の三倍か四倍といったところだが、深さはそれなりにあるらしく、危険なので、池縁の目印代わりに置かれた道祖神（どうそじん）より先へ行ってはいけないと言い含められた。数十年前に溜池に落ちて死んだ子供の霊の怪談を、学校で聞いたことがあったので、清子は神妙な顔をして頷（うなず）いた。

「私は幸運でした。この時分に振袖まで着せていただいて、有り難いことです」

そうかい、と明はますます弱り切った顔をして、胡坐をかいていた足を崩し、布団の上に正座した。つられて、清子も姿勢を正した。

しばし沈黙が流れた。

膝の上で重ねた手に、明の手が伸びた。ぴくりと肩が跳ねそうになる。しかし清子の手よりもずっと大きな明のそれが汗ばんでいたので、ほっとした。

「おれが勝手に惚れたばかりに、すまない」

その声を、耳元で聞いた。清子と呼んでも？　とわざわざ断るので、一つ頷いた。

「清子は断れんと知っていて、申し出た。許してくれ」

ずいぶんと優しい人もいるものだと、そう思った。清子にお鉢が回ってきたのは、それくらいしか望める娘がいなかったからに決まっていように、好いたからだと言ってくれる。

謝らなくていいと口にする代わりに、清子は明の胸に体を預けた。

その時、肩越しに二つの灯を見た。それはどうやら最前から寝間の隅にいたようで、すっくと立ち上がり、こちらへやってくると、布団の脇につくねんと座った。

かの傍若無人たる三毛猫——せんであった。

「おやまあ、まさかこんなところで会うなんて」と、その目は言うようだった。

明は「せん」と呆れて息を吐き、向こうへ行けとばかりに尻を押した。

「せんはこの家の女主人気取りでね。おれの嫁さんを品定めにきたってところだろう」

せんは渋々立ち上がり、器用に前脚で襖を押し開けると、「おああ」と一声鳴き、闇へと消えていった。その様がいかにも「邪魔してすいませんでしたね、お気になさらず続きを」というようで、清子は忍び笑いを漏らした。明もまた、笑った。

翌日から、清子は丹羽家で姑と飯炊きをし、田畑に出、夜は明と眠った。明け方になるとせんもやって来て、明の足元か、二人の真ん中に割り込むかして丸くなった。

明は二週間の後、万歳の声に見送られて山道を下った。姑は、去ってゆく背を見るのが辛いからといって、見送りにはこなかった。

お袋を頼むと言った明に、清子は頷いた。

「せん。お前は清子を守ってやってくれな」

ふと足元を見れば、いつの間に追ってきたのか、せんが真面目くさった顔で座っていた。

明は「必ず帰るから」と続けた。清子は明の顔が見られず、また頷いた。言葉の出ないのが、こんなにも歯痒かったことはなかった。

「きっと、ご無事で」

ようやくそれだけ言うと、明は手を振り、振り返ってはまた手を振り、山を下りた。

姑はひとまわり縮んでしまったかのごとく消沈し、空元気でも取り戻さねばと努めるあまりか、清子のやることなすことに難癖をつけた。「こんな不出来な、父親も定かでない嫁もらって、明が可哀想だ」というのが口癖となった。それでも姑は、伯母と違って清子が畳の上で寝るのを許したし、囲炉裏端で向かい合って飯も食った。家族のような格好だけでもとってくれるなら、十分だった。なじられるのには慣れていた。それに、姑のあまりの言いように清子が弱り切った時などは、どこからともなくせんが身を割り込ませ、腹を見せて転がるなどして、煙に巻いてくれるのだった。あとで礼を言うと、「私は坊ちゃんから留守を任されましたからね」とでも言うように、ふん、と鼻から息を吐き出した。

実際、せんは明の言いつけをよく守った。夜は清子の枕元で香箱を組み、寝かし付けるように額を舐めた。かつて明の後をついて回ったように、田圃や麦畑にも清子と共に出た。そこはやはり「猫の手」というか、清子が鍬を振るうのを眺めたり蝶々を追いかけたりしているだけなのだが、せんが畑にいるだけで、だいぶ心安かった。陽も暮れかけて「帰ろう」と声をかけると、なあなあ鳴いて駆け寄り、清子の足に尾を絡めて家路を辿った。そんな風だから、蹴飛ばしてしまうことも一度や二度ではなく、その度せんは仕返しとばかりに清子の足を嚙むのだが、それでも纏わりつくのをやめようとはしなかった。

半年ほど経って、姑が病んで寝付いた。動けなくなってさえ、姑は清子にあれこれと文句を言い、お前が家に来てから悪いことばかりだと唾を飛ばした。

ようやっと、もういくらも持つまいと清子の目にもわかるようになり、激する気力も萎えた頃、姑は「鰻が食いたい」とぽつりと言った。

「明と一緒に、もういっぺん食いたかった」

叶いようがない望みだった。ほんの数年前であれば容易く叶えられたであろうが、今は神仏に祈ったとて、沈黙が返るのみだ。姑が、背と腹がひっつきそうに薄い体を咳で震わせ、明、明と幾度呼んでも、そばにあるのは気に食わない嫁一人だ。

「清子」

掠れた声に、はっと顔を上げた。これまで、名を呼ばれた覚えはなかった。あんた、とか、そこの、が、嫁いでからの清子の名だった。

「悪かった。邪険にして、悪かった。謝るから……明、帰ってきたら、鰻、食わしてやってくれ。明は、あれが、いっとう好きだった」

姑は長くかかってそれだけ言うと、口惜しそうにぎゅっと唇を結んで、死んだ。

清子は一人になった。丹羽家の広さは、一人では埋めようがなかった。明は必ず帰ると言ったが、約束が果たされるようには思えなかった。すでに空の桐箱となって帰った男が村にも何人かいたし、何事にも期待しないのが、清子に染みついた処世であった。

したしたと、背後で畳を踏む音がした。すりよった猫の体に、半ば無意識に手を置いた。浮き出たあばらの一本一本に指を這(は)わせるように、撫(な)でた。

「一人じゃあ、ないか。せんがいるから」

そうだ、忘れてもらっては困るというように、せんは清子の指をざりと舐めた。

この老猫(ろうびょう)は、はたしてあと何年生きるだろうか。

名の通り千年生きればいいものをと、縋(すが)るように思った。

翌年、とある夏の日に、すぐ集まるようにと言われて役場に向かうと、村に一つだけのラジオをみんなして囲んでいた。流れてくる音声は不明瞭で、清子にはちっとも意味がわからなかったのだけれど、小学校の校長先生が声を上げて泣き始めたのでぎょっとした。女たちは顔を見合わせ、それでなんとなし、戦争が終わったのだと知った。

ほつほつと復員する男も見え始めたが、その中に明の顔はなかった。

やがて戦死公報が届いて、形ばかりの葬式を出した。姑の葬儀のようには、人は集まらなかった。丹羽の親戚(しんせき)が声をかけてくることもあったが、財産のおこぼれに与(あずか)ろうという魂胆(こんたん)が、清子にさえも透けて見えた。彼らも家にあるのが山中の土地の権利ばかりであると知ると、嘆息(たんそく)一つ残して、街へ下った。

年がまた一巡りして盛夏が行き過ぎ、稲の刈り入れが始まった。

その日も陽が暮れて、家路についた。背負子を負って鎌を帯に差し、ほっかむりした清子のあとを、せんはほてほてとついてきた。畦道では牛蛙がやかましいくらいに鳴いて、夏の終わりをはらんだ風が、汗まみれの体を通り抜けていった。

土間の戸口に立つと、常と違った匂いを嗅いだ気がした。

思わず体をこわばらせた。誰かの気配が、家中にある気がした。街では女だけの家を狙って押し入る強盗があるのだと、ずいぶん前に耳にした噂話が、今になって頭を過った。

しかしせんは尾をぴんと立てて板間へ上がり、闇の中へ吸い込まれていった。

せん、と声を殺して呼んだが、戻ってこない。

もし本当に誰か家にいるのならば、声を出すのも、灯を点けるのもいけない。隣家の者を呼んで来るべきだろうかとおもてを振り返ったところで、みしりと床板を踏む音がした。

はっとして見れば、暗がりの中に影があった。

漏れ入る月光に照らされて見えたのは、裸足の両足だった。

清子は腰を抜かして、尻餅をついた。

ああお、とせんが鳴く声がした。まるで清子を笑うようだった。目を凝らせば、せんの白い毛並みが暗がりの中にあった。そこに立つ誰かの腕に抱えられているように、見えた。

「……すまない」

ややあって、闇がそう言った。覚えのある声だった。

「田圃に行こうかと思ったんだが、疲れて眠ってしまっていた」

土間に下りてきた顔に、月明かりが差した。

汚れ、やつれ果ててはいたものの、清子の夫の顔であった。

「あなた、死んだんじゃあ……」

はて、と夫の顔をしたその人は首を傾げた。

「自分では、生きているように思ったんだが」

差し出された手を取るのももどかしく、清子は軍服に取り付いた。驚いたせんが、懐から飛び下りる。やはり、言葉は出なかった。はたはたと土間に落ちた滴に、清子は、己の処世など張りぼてであったことを知った。

明はおそるおそる、まるで触れれば崩れる砂の造形物であるかのように、清子の肩に手を置いた。

「ただいま、戻りました」

声の出ぬ清子に代わって、せんが「んああ」と喉を震わした。

翌朝、久方ぶりに二人分の朝食を作って並べ、田圃へ出た。明は来なかった。姑が亡くなったことを伝えると、「そうか」と目を伏せ、箸を握ったまましばらく動かなかったから、今日は墓に参るのだろうと思って、別段何も言わなかった。

せんは常と変わらずついてきた。まだ陽も高く、帰るような時分ではないのに、「ああお」と鳴き、足に絡みついた。

「せん、いいかげんにしないとはかどらんよ。明さんが帰ってきたんだから、お墓参りのお供をしたら。昔はどこへ行くのも一緒だったじゃないの」

しかしせんは動かず、拗ねたように稲穂を叩いて揺らすばかりだった。

家に戻ると、灯がついていなかった。

「明さん？」と呼ぶと、奥の座敷で畳を擦る音がして、影が土間へと下りてきた。

「すまん。今日も寝てしまっていた」

起こしてしまいすみません、と清子は謝った。復員したばかりなのだ、さぞ疲れているのだろう。急いで夕飯の支度に取りかかった。痩せてしまった明にたくさん食べてほしくて、己の分を減らし、今日ばかりはと麦の混じっていない白飯を明の椀に多く盛った。おかずは芋がらの煮物だけだったけれど、明は時折箸を止めては「うまいな」とこぼした。

「ありがとうございます」と答えながら、清子は首を傾げた。何か怒っているような響きが、そこにある気がしたのだ。

「一緒に、お墓に行けなくてすみません」

叱責（しっせき）されたわけでもないのに先んじて謝るのも、清子の習いであった。

しかし、明は「墓？」と不思議そうに目を瞬いた。

「違いましたか？　今日は、お義母（かあ）さまの墓前に参られたのかとばかり」

いや、と明は、椀にまだたんと盛られている白飯に目を落とした。

「行っていない」

そうですか、と清子は芋がらを口に運んだ。運悪く筋張ったところに当たって、なかなか飲み下せず、長く嚙（か）みしだいた。

明が食事を終えるのを待ち、清子は昨夜言えなかったことを口にした。

「長い間のお勤め、まことにご苦労様でした」

下げた頭を、明がじっと見つめている気配があった。

「うん」

結局、短い返事だけを残して、明は寝間に向かった。

「もうお休みになるのですか？」

うん、寝る、と言って、明は襖（ふすま）を閉めた。

翌朝も、起きてはこなかった。

やはりまだ疲れているのだろうと思って、朝飯を置いてせんと田圃に出た。

共に野良仕事する女らに、どこから伝え聞いたのか、明の復員を祝われた。

「たまげたけど、よかったねえ。二週間だけの夫婦にならずに済んだじゃないか」

清子は笑って礼を言った。

帰ると、やはり明は眠っていた。飯の支度をして呼ぶと、ようやく起き出した。

昨日とは打って変わって、「うまい」も言わず、無言で、かき込むように食った。

それからひと月、その繰り返しだった。

明は夜になると酷くうなされて、二度、三度と飛び起きた。目の下の隈は、薄まることがなかった。寝間を共にする清子も、眠れないのは同じだった。

気まぐれに田畑に顔を見せることもあったが、寝不足がたたるのか、いくらも動かない内に足をふらつかせ、家に戻ってしまった。「あれで兵隊さんが務まったのかねえ」と女たちは笑った。

清子は何も言えなかった。この人は大変な思いをしてやっと帰ったのだ、まだたったひと月じゃないか、いずれは元に戻るはず。そう己に言い聞かせて、口を噤んだ。

めっきり言葉少なになってしまった明と、無言の清子とで、家は静かだった。せんの鳴く声ばかりが、よく響いた。

ある夜、家に戻ると、真っ暗闇だった。明は夕飯まで寝付いているのがほとんどだったから、妙とも思わなかった。

しかし、足元に引っ付いていたせんが全身の毛を逆立てた。んあああお、と威すような声を上げ、寝間へと走った。尋常でない様子に、清子も後を追った。

闇の中、柱と襖とを手繰って、奥の寝間へ向かう。

ぎ、と何かが軋む音を聞いた。

襖を開くと、闇の中に、闇よりなお暗い輪郭を縁取り、梁から下がったものがあった。

清子は金切り声を上げ、転がっていた踏み台を立てて昇り、帯に差した鎌で縄を切った。

どさ、と重みを持ったものが畳の上に落ち、やがて激しく咳き込み出した。

全身から力が抜けて、清子は踏み台から転げてその場に頽れた。せんの生温かい体が清子を支えようとするように、ひたりと腰の辺りにくっ付いた。

よろめきながらせんを頼りに立ち上がり、灯を持ってきた。

かそけき灯に照らされた男の顔は、まるで亡霊だった。

己の夫はこんな顔をしていたか、と清子は思った。

何か言わねばならぬ、言わないまでも背の一つも擦ってやらねばならぬと思うのだが、唇も体も、釘付けにされたように動かなかった。

やがて明はうっそりと起き上がり、朝から敷かれたままの布団に入った。

それから清子は、田畑にいてもふと怖ろしくなっては家に取って返し、明が畳の上に体を横たえているのを見て束の間の安堵を得、また野良仕事に戻るのを繰り返すようになった。面倒を見きれず荒れさせる畑も出たが、どうしようもなくて手放した。

「どうしてなんですか」と思い余って口にしたこともあった。

明は一言、「帰ってきた気がしない」とつぶやいた。

「こんな男の世話なんぞしなくていい。おれのことは、死んだと思って捨て置け。お前は、どこへなりと好きなところへ行ったらいい」

すまない、と明は昔と同じ言葉をこぼし、以降は貝のように口を閉ざした。

旦那は病気か、と女たちに訊かれた。「少し、悪いようで」と答えた。本当のところは、言えるわけがなかった。

清子は朝と夕に仏壇に向かい、どうかお守りくださいと手を合わせた。

そして今の今まで忘れていた、姑の遺言を思い出した。

鰻だ。好物であったというそれ、しかも亡母の遺言でもある鰻を食わせれば、幾許かでも覇気を取り戻してくれるのではないか。

翌朝、清子はいつもに増して早く起き、米や街の女たちが物々交換に置いていった晴着、花嫁衣裳であり姑の形見でもある振袖までをも荷に詰めて、山を下りた。街の闇市に行けば、何でも手に入るのだと聞いたことがあった。せんもついてきたがったが、留守にする間に明を見ていてほしいと、なだめすかして置いてきた。

街には焼け跡も多く見えたが、市は大層な人出だった。村人全員をかき集め、何杯掬い入れても間に合わないような数の人間がひしめいていた。清子はまごつきながらも魚屋を見つけた。奇しくも、戦前には村まで行商に来ていた女だった。しかし、顔見知りだからといって融通してもらえるような時世ではなかった。

鰻は高くついた。米と晴着では魚屋は頷かず、振袖も手放すことになった。少しもためらわなかったといえば嘘になるが、明に鰻を食わすためとなれば、姑も許してくれるだろうと、結局はそれも譲り渡した。帰りはずいぶん、荷が軽かった。

村に戻った頃にはまだ明るかったが、鰻は一度さばいたことがあるだけだったから、支度が整ったのは、とっぷりと陽も暮れてからだった。

匂いに刺激されてか、清子が呼びにいく前から明は起き出して、せんと並んで囲炉裏の前に座った。

「今日はご馳走ですよ」

実際、鰻だけでなく、代用でない醤油や砂糖まで味付けに使ったのだから、大したご馳走に違いなかった。

「……祭りでもないのに、なぜ？」

明によくなってほしいから、と正直に答えるのは憚られて、「明さんが帰ったお祝い、していなかったじゃありませんか」と答えた。明は黙って食べ始めたが、箸の進みはいつもより早かった。やはり一日田畑を放ってでも、街に下りてよかった。せんが「自分にも寄越せ」とつつくので、留守番の礼に、切れ端を土間に落としてやった。

しかし半分ほど食ったところで、明は、何事か考えに耽るように天井を振り仰いだ。その目が梁を見たような気がして、背を薄ら寒いものが走った。

「なんで、こんな贅沢なもんを食わした」

「お義母さまが、亡くなる前におっしゃったんですよ。あなたが生きて帰ったら、鰻を食べさせてやってほしいと」

言い訳のように、清子は義母の名を出した。明の声には、復員した日、芋がらの煮物を「うまい」と言ったのと同じ、棘があった。

「おれは、もういい。残りはお前が食え」

そんな、と清子は思わず高い声を上げた。

「明さんに食べてもらいたくて、街まで下りたのに」

清子がそう言うやいなや、膳が引っくり返り、板間の上を器が転げた。飯粒や鰻が、無残にも床に散らばる。せんが目敏く鰻に走り寄るのが、視界の端に見えた。

「頼んでないだろう、そんなこと！」

「おれは死ぬはずだった。なのにこんなところで安穏と、旨いものなんか食って……」

放っておいてくれと言ったはずだと、驚いてまだ箸さえ置けずにいる清子に明は叫んだ。

明は手負いの獣のように、肩で息をしていた。

「どうして、どうしてなんですか。せっかく帰ってきたんじゃありませんか。以前の明さんは、そんな風ではなかったのに」

縋るように、手を伸ばした。

明の目が、怯えるように瞬いたのを見た。

気が付くと、土間に尻をついていた。せんがしゃあっと毛を逆立てて怒る声に、我に返る。口の中に生温かい鉄の味が広がって、頬がじんじんと痛み出していた。明の顔を見上げて、ようやく、殴られて板間から落ちたのだとわかった。

明は土間に下り、清子を見下ろした。顔は、逆光となって見えなかった。

手が伸ばされた。体が竦んだ。もう一発殴ろうとしたのか、悪かったと立ち上がらせようとしたのか——いずれか判然とする前に、せんが声を上げ、明の手に食らいついた。

明は喉の奥で低く呻き、せんを振り落とそうと腕を振った。それでもせんは離れず唸り声を上げ、ますます牙を食い込ませた。苛立ったのかそれとも混乱したせいか、明は力任せにせんを土間の床に叩きつけた。

せんが、聞いたことのない声で鳴いた。

「やめて！」

清子は咄嗟に明を突き飛ばした。すると、その体は砕けるようにぐらりと傾いだ。枯れかけの古木を押したような感触が、手に残った。

明は上がり框に向かって倒れ込み、ご、と鈍い音がした。框の角で、頭を打ったようだった。

床板に、水のようにじわりと広がるものがあった。

明は起き上がってこなかった。仰臥して、両目は天井を映していた。

清子は立ち尽くした。目の前の事象を理解する前に、体ががたがたと震え始めていた。

「やれやれ。これは、死んだかな」

唐突に、背後で若い女の声がして、はっと振り返る。

着物姿の女がそこにいた。村では見ないくらい綺麗な女だが、格子絣の着物は丈が短く、御伽草紙に登場するような昔風のものに見えた。長い黒髪は結わずに垂らされ、額や頬を覆っている。

女は「まったく、力任せに」と体を擦りながら屈み込むと、明の脈を取るような仕草を見せた。

「ああ、駄目だ。昔っから頭はいいのに、どうも間の抜けたとこのある子だよ。戦地から帰ってきといて、家の框で頭打って死ぬなんざ」

「……だれ」

震える声で、ようやっとそれだけ訊いた。

女が顔を上げると、月のように真っ黄色の瞳に、まん丸い瞳孔が浮かんでいた。

「誰だなんて、あんまりじゃないか。ずっと一緒に暮らしてきたのに」

猫の目だった。はたと気付いて周囲を見回せば、せんの姿がない。

「そんな……そんなこと、あるわけない」

首を横に振ったが、女は「あるんだよ、それが」と尻からにゅうと生えた尾を手に持って清子の眼前にかざした。その先端は、二股に分かれていた。

「私は実のところ、正真正銘の猫又でね。まあ見てな」

女の姿が溶けたかと思うと、足にすり寄るものがあった。それは間違いようもなく、嫁いでからずっと共に暮らしてきた、せんの姿であった。

猫は清子を見上げ、人の声で言った。

「清子、選びな。二つに一つだ。このまま朝を迎えるか、それとも私と行くか」

「行くって、どこへ」

「ここじゃないどこかだ。私の願いを聞いてくれるなら、助けてやるよ」

清子はまともに物を考えられぬまま、頷いていた。頭の中を占めていたのは、夫殺しの罪が露見する恐怖よりも、明の死をなかったことにしたい、ただその一心であった。

せんは人の姿に戻ると、にやっと唇を割れさせた。

それから二人は、明の頭と足とを手分けして持って、裏手の竹藪の中にある溜池まで運んだ。重しの石を括りつけるのに、手が震えてうまく結べないのを見かねて、せんがほとんど一人でやった。常ならば襖を開けるくらいしかできない丸っこい前脚が、器用に明の体に縄を結わえていた。

仰向けに寝転がされた明の目は薄く開き、風にさざめく竹の葉を映していた。

清子はその目の暗さから逃げるように、まだ温みの残る体を押し、真っ暗な水面に落とした。ばしゃんと、呆気ない音がした。顔も体も、全部が夜の池に吸い込まれ、余韻もなく、明は自然の摂理に従って沈んでいった。

その時、竹藪の陰で提灯が揺れた。もう少しで、心臓が口からまろび出るところだった。

現れたのは隣家の女だった。太い眉を、不審と好奇とでかすかに下げている。

「こんなところにへたりこんで、どうなさった。尋常じゃない怒鳴り声がしたから来てみたら、母屋は空っぽで……」

池のそばは危ないからこっちに来い、と女が手招く。

するとせんがすっと立ち上がり、女につつと歩み寄った。女は怪訝そうにせんを見たが、やがて呆けた顔になり、提灯を揺らして行ってしまった。

「何を、したの」

「なあに、ちょっと誤魔化しただけだ。明日の朝には、村のもんは誰一人清子のことを覚えちゃいない。明は未婚のまま、南で死んだ。丹羽家は無人。そういうことになる」

全部丸く収まる、とせんは歌うように言った。

「そんな……そんなこと、許されるはずがない。あの人は約束通り、ちゃんと帰ってきてくれたのに。それを、私が」

泥濘に手をつき、清子は暗い溜池を覗き込んだ。

「私も死ぬ。ここで死ぬ」

ざぶざぶと音を立て、水の中へ入った。せんは溜息を吐いただけで、止めなかった。

夜半の水は冷たかった。重しになるだろうかと、清子はほとりに置かれた小さな道祖神を引きずり込み、水に体を委ねた。しかし可笑しなことに、石像を抱えているというのに、体はぷかりと水面に浮いた。何度試みても同じことだった。

池から上がって、ずぶ濡れのまま家に戻った。明に石を結わえた残りの縄を、梁から垂らして首を預けた。滴がいくらも畳に落ちぬ内に、すかさず縄は切れた。

すぐに起き上がり、炊事場に置かれた包丁を手に取り、躊躇う間もなく喉をかき切った。しかし痛みは一瞬だった。血が噴き出したと見えたのも幻だった。土間には一滴の血もなく、喉元に触れてみれば傷痕さえなかった。今度は手首に刃を添えてみると、ばきりと音を立て、包丁は真っ二つに割れた。

「無駄だよ。言っただろ、助けてやる代わりに願いを叶えてもらうと」

戸口に立ったせんが、にやにや笑いながら言った。

「どういうこと」

「私はね、化け猫になったはいいけれど、あんまり長すぎる寿命を持て余してたんだ。だからその半分を、清子に貰ってほしい」

半分、と清子は阿呆のように繰り返した。

「そう。寿命は千年ある。半分に分けたら、たったの五百年だ。いや、私が一人で百年くらいは生きたから、四百と五十年か？　まあ、とにかくそれくらいだ」

　ちょっとした手違いだったんだ、とせんは続けた。

「昔の私は馬鹿でね。猫又になるため、猫大将のお山へ奉公に上がったはいいけれど、いざ年季が明けて『何年生きたい』と問われた時、己が数を二つしか知らぬことにはたと気付いた。当時の主人の名であった『いち』と、己の名である『せん』だ。一が少なくて、千が多いってのはわかってた。だから私は、『せん年』と答えて、その通りの寿命を頂いたってわけだ。けれど千年ってのは、愚かな猫畜生が思うよりずうっと長かった」

　せんはしゃがみ込んで、清子が握ったままの折れた包丁を奪った。

「大将は望んだだけの寿命を与えてくれるけれど、削ることはしない。猫又は、己が口にした分の歳月はきっかり生きねばならないのさ。それは寿命を分けられた者も同じ。悪いが清子はもう、どうあがいても四百と数十年経たないと死ねない体だ」

　せんの言葉には現実感がなかった。夢ならば醒めてほしかった。どこからだろう。どこから清子は、現実を踏み外してしまったのだろう。明を突き飛ばした時、鰻を買いに街へ下りた時、死んだはずの明が帰った時、丹羽家に嫁いだ時、それとも、それとも。清子の脳は、溺れるように、ごぼり、と泡を吐いた。答えなど、あるわけもなかった。

「……せんはどうして、猫又なんかになろうとしたの」

「いちは良い人間だった。子猫の私を拾って育ててくれた。けれど顔に障り(さわ)があるとかで、結婚が遅かった。ようやく縁談があってひとところに落ち着いたと思ったら、四十で病を得た。あんまりじゃないか、そんなのって。そこへ流れ者の猫から、山へ昇って猫又になれば、与えられた寿命の半分を、一度だけ他所(よそ)へ分けられると聞いたものだから」

「一度だけ？　それならどうして、私に分けるの。いちという人には……」

「間に合わなかったのさ。私が山から帰ると、家はちょうど葬儀の最中だった」

　もう行こう、ぐずぐずしてると夜が明ける、とせんは清子の手を引いた。

「なあに、心配しなくても清子は化け物になったわけじゃない。私のように、妙な術を使って人間をだまくらかしたりはできない。少しばかり、人より寿命が長いだけだ」

　それは十分に、化け物と呼ばれるに相応(ふさわ)しい存在ではないか。清子が声にできずにいると、せんは村に別れを告げるように、かすかに尾を左右に振った。

　そうして猫の手に引きずられるようにして、清子は山を下りた。

　麓(ふもと)へ着いたのは、すっかり夜が明けてからだった。

　せんは「さて、仕事を探すかね。清子はそこで待ってな」と言い置くと、猫の姿に戻って路地へ消えた。昨日と地続きの一日を始めようと動き出す人々を前に、清子は一人立ち尽くした。真昼近くになるまで待ってみたものの、せんは戻らなかった。もしや放り出されたのでは、という不安が、清子に一歩を踏み出させた。

ひとまず、街で唯一知った顔である、魚屋の所へ行ってみることにした。

清子が魚桶の前に立つと、女は「いらっしゃい」と人好きのする笑みを浮かべたが、「昨日はどうも」とも「鰻はどうでした」とも言わなかった。

「こちらは初めてで？　どうかご贔屓に」

絶句していると、女は不審げに眉根を寄せた。どうやら冗談ではないようだった。清子はせんの言う通り、最初からこの世にない者になったらしかった。

しかし死ねもせず、せんも頼りにできぬなら、一人で生きていくほかない。何もかも失った身の上が、かえって気を強くしたのか、平生なら言わぬことを清子は口にした。

「すみません。この辺りで仕事はないでしょうか。できれば、住み込みの」

なんだ客じゃないのか、と女の態度はざっくばらんなものに変わった。

「さあ、そういうのは周旋屋に行ってもらわんと……。ああでも飯場なら、飯炊きが行方くらまして閉口してるって聞いたよ。今なら流れ者でも雇ってくれるかもね」

清子はよくよく礼を言ってその場を離れ、その日の内に運良く飯場での炊事の仕事と、当面の住処を得た。飯場の主人に名前を聞かれ、「丹羽清子」と答えてから、丹羽の姓を名乗る資格はないと気付いたが、すでに男は帳簿に名を書きつけていた。

清子は、与えられた三畳の部屋で黴臭い布団にくるまった。飯炊き役の女一人を除いては男ばかりの所帯ということで、一人部屋をあてがわれたのは僥倖だった。

早く眠ってしまおうときつく目を閉じると、煎餅布団を踏みしめる感触があった。目を開けると、どこから入ってきたのか、またどうやって居場所を嗅ぎつけたのか、せんであった。村での時代がかった着物姿ではなく、膝丈の洋装に着替えていた。

「待っていろと言ったのに。だがなかなかどうして、いい根城じゃないか」

染みだらけの天井や隙間風の吹き込む窓を見回しながら、せんは言った。

「だって、ちっとも戻ってこなかったから。置いていかれたのかと思った」

「せっかく得た道連れを置いていったりするものか。仕事の視察をしてきたのさ」

何の仕事をするの、という問いには答えず、せんは布団の上で丸くなった。そうしているとまるで丹羽の家の寝間にいるようだったが、畳の毛羽立ちも、天井の木目も、何もかもが昨日までとは違うのだった。

清子は再び目を閉じた。猫又が実在するのなら、明が夢枕に立ち、清子を祟り殺すこともあるかもしれない。なるべく早くその日が来るといいと思いながら、眠りについた。

飯炊きの仕事には苦労した。これまでは明と己の二人分こさえればよかったが、飯場で寝起きする二十人あまりの人数分、一人で三度三度揃えるのは、並大抵のことではなかった。農家の生まれゆえ早く起き出すことに苦はなかったが、野良仕事とは違う筋を使うようで、しばらくは全身が痛んだ。食材を手に入れるのにも難儀した。街の食糧事情は、想像よりずっと酷いもので、村がどれだけ恵まれていたかを思い知らされた。それでもありものでなんとか、男たちが暴れ出さない程度のものは支度せねばならなかった。

せんは数日に一度、ふらりと出かけては金を持って帰った。そういう日は、清子が眠る時分になっても戻らず、朝になるといつの間にか足元で丸くなっていた。せんが持ち帰る金は、清子の給金に比べればずいぶんな大金だった。世事に疎い清子にも、いかな手段を用いて稼いだ金であるのかは、察しがついた。「住むところも食べるものも当面はあるし、せんが働かなくてもいい」と言ったこともあった。けれどせんは「小娘が余計な気を回すもんじゃない。なに、お客は私の術で目を回して、何にもしなくたって勝手に気持ちよくなってくれるんだ」とからから笑った。

「それに私が稼がなきゃ、好きな時に魚が食えない」

せんの言う通りだった。せんの持ち帰る金を握りしめ、例の魚屋の元へ走るのが、二人の生活で唯一の楽しみだった。小ぶりの鱈なんかを買い求めて七輪で焼き、そのご馳走を二匹の猫のように分け合って貪った。せんの姿は、せん自身が意図しない限り余人には見えないようで、魚屋にも、飯場の男たちにも、何も言われたことがなかった。

　ある冬の早朝に目を覚ますと、女の白い顔が隣にあったのでぎょっとした。しかし声を上げる前に、それがせんの人型であると気付いた。猫の姿であればすっぽり布団に潜れるのに、わざわざ寒さに肩を震わしながら、せんは人の形で眠っていた。

　清子はふと、額にかかった長い髪の隙間に目を留めた。

　右眉の上に、痣があった。

「いち」の顔には、障りがあったという。障りとは、痣のことではなかったか。なんとなし、せんのこの姿は、かつての主人を模したのではないかと、そういう気がした。

　清子は部屋の片隅に置いた、粗末な鏡台を覗き込んだ。清子の痣は、せんのそれとまるで同じ位置に、同じ形をして、ある。


　四年経った。明は未だ、清子を祟り殺しに来ない。

　清子はいつものように、足に纏わるせんと共に魚屋を訪ねた。魚屋は一年前に闇市を抜け出して、しゃんとした店を再び構えていたし、清子は飯場の男たちに、飯の量やら味やらに文句を言われることも減っていた。

　新聞紙で鯵を包みながら、世間話にとばかり、魚屋の女は口にした。

「それにしても、清子さんはちいとも変わりませんねえ。飯場の男共を毎日さばいてるってのに、初めて会った日みたいに、娘っこのまんまで。羨ましい限り」

世辞のつもりだったのかもしれないが、肝が冷えた。女の言う通り、清子の顔は、山を下りた時から一つも変わっていなかった。染みも吹き出物も増えず、お面みたいにそのまんまだった。痣だけが、変わらず肌の上で青々としていた。

その晩、鯵を食い終えると、せんは丁寧に前脚で顔を洗い、言った。

「明日、ここを発とう」

清子は黙って頷いて、わずかばかりの持ち物を風呂敷にまとめた。

翌朝、まごつきながら切符を買い求め、生まれて初めて汽車に乗った。

辿り着いた、目が回るように大きな街で、さるお屋敷の女中に雇われた。足の不自由なお嬢さんの介添えが、主な仕事だった。お嬢さんは物静かだったけれど、奥様はずいぶん意地が悪くて、飯場の喧騒が恋しくもなった。けれど戻れない場所を想っても仕様がない。とにかくいられるだけここにいようと、風呂を焚き、床を磨き、食事を運んだ。

ある夏の晩、清子は寝付けずにいた。首元にじっとりと汗をかきながら、吹く風が、吊るしっぱなしの風鈴を鳴らすのを聞いていた。そうしていると否応なく、村での最後の夜を思い出した。清子は自分自身を苛めるように、明の死に顔を思い出そうとした。しかしそれは黒く塗り潰されて、うまく像を結ばなかった。代わりに思い浮かんだのは、嫁いだ日に「すまない」と詫びた、照れたような明の声だった。

己の浅ましさに、はっとまぶたを開いた。

するとちょうど仕事から帰ったところだったのか、襖に隙間ができて、人型のせんが女中部屋に体を滑り込ませた。

「どうした、寝れんのか」

せんは帯を解いて前をはだけると、清子の布団に潜りこんだ。

髪から酒の匂いがして、思わず身を縮こまらせる。

「よしよし、可哀想に。この婆が、寝しなに一つ話でもしてやろう」

そう言って、せんは昔語りを始めた。大晦日に行われる、猫の山での大宴会の話だった。

麓に散った猫又共はめいめい猫大将への贈り物を持って、年の瀬に山を登る。ある年、そこに人の子が紛れ込んだのを、一匹の猫又が見つけた。猫大将に露見すれば、八つ裂きにされてしまう。可哀想に思ったので、大将をしこたま酔わせ、こっそり村まで送り届けてやった。感心なことに子供はその恩を忘れず、後に猫又を家に迎えた。

せんの語りは妙にうまく、話が終盤に差し掛かる頃にはすっかりうとうとしていた。これはせんと明の話ではないかと思ったが、尋ねる前に眠ってしまった。

　そうして寝付けぬ夜、せんは決まって、虚構か事実か曖昧な奇譚を聞かせるようになった。ある夜は、子猫が飛竜頭を盗み、小僧に見つかって山門に吊るされたが逃げ出し、後に小僧の草履を溜池に放って仕返しした話だった。またある夜は、母を亡くした子猫が、高貴な娘に拾われて無聊を慰めた逸話を語り、また別の夜には、猫は縁遠い娘のため、嵐の晩に道に迷った旅人を家へ導き、ついには娘と結婚させるに至ったと話した。とある猫が主人の命を永らえさせようと山へ昇り、猫又となって揚々と帰るが、門に忌中札を見た話をした夜は、清子は人身のせんをぎゅうと抱きしめた。

　夜を越えせんの語りが重なってゆくと、やがて誰かが言った。

「あんた、いつまでも若いなあ。まるで歳を取らんみたいだ。今年、いくつになった？」

　そうすると、清子はもうそこへはいられなかった。汽車に乗って、別の街へ移った。いくつもの家で女中をやり、工場に勤め、寮母をやった。農家を手伝った時など、息子の嫁にどうかと問われ、まだいくらもいないのに逃げ出した。

　方々を転々とする内、己が世間に生きながら、もうまったく世間から弾き出されてしまっていると、自覚しないではいられなかった。たしかなのは、夜に隣で眠るせんの柔らかな毛並み、そこから薫る日向の匂い、あるいは艶然たる人型のせんの、しっとりと湿った肌と、甘やかな香りばかりだった。

次第に、やはりこれは夢ではないかという気がしてきた。醒めればきっと、この世にはもう誰もおらず、せんと清子の二人きりなのだ。それを哀れに思って、せんは清子に長い夢を見続けさせている。そういう気がした。

ある日、清子はおもてで人の姿のせんを見た。郵便ポストに、手紙を出していた。素っ気ない茶封筒が手から離れるところだった。声をかけると、せんはやけに驚いた顔をした。

「誰に便りを出したの？」

「……馴染みの客だよ。こういうのを喜ぶ、古臭い男なんだ」

そう、と清子は答えながら、しかし、客に出すのに、あんな無粋な封筒を使うだろうかと首を捻った。挨拶なら葉書で十分だし、おまけに封書は、秋波を送るにしてはやけに分厚かったように思った。

夜更けに、せんが灯の元で手紙を書くのも見た。清子が「ずいぶん長い便りね」と言うと、「それだけ、付き合いも長い男だから」と答えた。覗き込もうとすると、「もう寝よう」とせんはライトを消した。

暗がりの中、死に顔を思い出せないのをいいことに、明の出征前、共に過ごしたわずかな時間を、清子は思い返すようになっていた。たぶんあれは、四百年余り続くことになる生を耐え抜くために、神か仏かが、清子の人生に置いた石だったのだろう。そこを踏めば、川を渡り、向こう岸にどうにか辿り着ける置き石。わけもわからず過ごした二週間だったが、あれは間違いなく、世にいうところの幸福だった。

清子の頭はいつだってとろくさく、鈍い。そんなだから、後悔すらも遅い。

今になってようやく、何が明をあれほどに変えたのだろうと考える。

それはやはり、今や沖へと引いていく波のような、戦争というものに違いなかった。

明は南で何を見、何をしたのだろうか。

清子も明と同じ戦禍をくぐり抜けたはずだが、内地におり、まして空襲も飢えもない村に暮らした己と夫が、同じものを見たとは思えなかった。街に下りた日に見た瓦礫の山、飯場の男が漏らした「雨の日は傷が痛んで弱る」という言葉、酒が入ると肩を組んで軍歌を歌っては泣き出した赤ら顔、遺骨さえ戻らなかった村の男たちの空の墓、屋敷で世話したお嬢さんの機銃掃射に貫かれて立たなくなった足、街角に立つ傷痍軍人の白装束、そういうものの中にしか、明の背は探せない気がした。

少なくとも、清子の中に求められないことは確かだった。

「帰ってきた気がしない」と、明は言った。

死んでさえ、己の手で殺してしまってさえ、明は遠かった。

村を出て、気付けば六十年が経っていた。元号もとうに改まった。

近頃では指折って数えねば、己の歳さえわからないようになった。それもあと二、三十年のことで、人の寿命の範疇をすっかり越えてしまえば、年齢などもっと曖昧模糊としたものになるだろうという予感があった。

今の住居は、岡山にある。先の住処を後にする時、珍しく、せんが「次はここがいい」と言ったのだ。以前に来たことがあるのかと思ったが、「知り合いの故郷がここで、良い土地だと聞いた」らしかった。清子は、住まう場所があるのならばどこだって不満はない。それで今時珍しくなった、「○○荘」の名を冠した小汚いアパートの二階に住み着いた。不動産屋は「若い女性にはおすすめしませんよ」と渋い顔をしたが、構わないと首を振った。六つある部屋の内、清子を含めて二つしか埋まっていないことが気に入った。おまけに古い代わりにペット可の物件で、せんは姿を隠すこともなく、雑草の繁茂した庭で遊ぶことができた。近頃は、手紙を書く様子もない。

このアパートに腰を据えて、そろそろ十年になる。せんの言うとおり、良い土地だったのだ。いいかげん次の居所を探さねばならないが、居心地の良さに甘えてつい長居をしてしまった。働き口も、短期の仕事を紹介してくれる派遣会社に登録し、数日働いては、同僚の顔や名前も覚えぬまま次の仕事に移るのを繰り返している。身分証なんかは、せんが少々細工すれば、疑わず受け取られた。今という時代は、清子のような者に優しかった。

その日の仕事は、病院の清掃だった。

バケツを提げ、マスクで口元を覆って病室に入ると、誰もいないはずの窓辺に、一人の老人が佇んでいた。老人とはいうものの、おそらくは清子と同年代だろう。どうしましたか、と声をかける前に、老人は振り返った。

「ああ、掃除の時間かあ。ごめんね、今どくからね。ちょっと眠れなくって」

ここから見える木が懐かしくってついね、と聞かれてもいない言い訳を垂れながら、パジャマ姿の老人は、ペタペタとスリッパを鳴らして清子とすれ違おうとした。

しかし、立ち止まった。

「あんた、その痣……」

清子が答える前に、しまった、と老人は口元を覆った。

「悪いね、女の子に。古い知り合いの奥さんにもね、ちょうどそんな感じの痣があったもんだから」

写真でしか見たことないんだけど、と老人はマスクから出た清子の目元を見つめた。

「どんな、お知り合いの方だったんですか」

思わずそう尋ねていた。

「つまんない話だよ。昔々、戦時中におんなじ小隊にいたってだけ。その人は結婚してすぐ入営したもんだから、必ず帰らないとっていっつも言っててね。事あるごとに結婚式の奥さんの写真見せびらかすもんだから、独りもんにはやっかまれるし、上官に見つかれば貴様玉砕の意志はないのかってぶん殴られるしで、まあ器用じゃなかったね」

あの人、ちゃんと帰れたんだろか、と老人は宙を見ながらつぶやいた。

「その方、名前はなんとおっしゃいましたか」

老人が口を開きかけた時、病室の扉が開いた。

「塩崎さん、ここにいたんですか。そろそろ朝食ですから、ベッドに戻ってください」

呆れ顔の看護師が、塩崎という老人を追い立てるように背に手をやった。

塩崎は、はいはいと扉に向かいながら振り返った。

「名前は忘れちゃったな。でも、農家の出だってのに、学士みたいな優男だったのは覚えてるよ。あんな場所に行くには、あんまり優しすぎたこともね」

塩崎が行ってしまうと、初老の看護師は清子に笑顔を向けた。

「ありがとね、昔話に付き合ってくれて。未だにうなされても、当時のことは懐かしくもあるみたいだから」

うなされる、と清子は口の中で繰り返した。

「若い人には馴染みがないでしょうけど、戦地から戻った人には結構いるのよ。いわゆるトラウマになっちゃってるのね。何十年も経つっていうのに、気の毒なことよ」

じゃあ、お掃除よろしくお願いします、と看護師も出ていった。

清子は窓辺に寄り、老人の眺めていた木を見下ろした。

帰りに図書館に寄って、「植物」のコーナーで図鑑を開いた。

老人が見ていたのは、アカシアだった。南方によく見られる植物、とあった。


アパートに戻ると、せんの姿はなかった。

几帳面にまとめられたせんの荷物の上に、古びた手帳が一つあった。

まるで清子にその存在を知らしめるように、整えて置かれていた。思わず手に取り、日に焼けた頁を繰る。日記めいたものや意味のわからない走り書きが目の上を滑り、最後の頁に辿り着いた時、それを見つけた。文字を書き慣れぬ頃、懸命に書き写したかのごとく歪んだ文字で、「丹羽明」の名、そして故郷を示す住所が書き添えられていた。

玄関に下ろしたばかりの鞄に手帳を滑り込ますと、おもてへ走り出た。

そのまま、いつの間にやら汽車とは呼ばなくなった電車に飛び乗り、携帯電話でかの住所を調べた。しかし地図上に表示されない。検索結果に、廃村、という文字が見えた。今度は記憶にある麓（ふもと）の街の名で調べると、今では名前が改まってはいたが、たしかに存在していた。ひとまずはそこを目指すことにした。行けば、山はそこにある。

翌朝、清子は息を切らして山を登った。蟬（せみ）の声が、よく降った。木立の合間を縫（ぬ）って届く夏の陽が、かわるがわる頰（ほお）を照らした。

前泊したホテルの従業員には廃墟の好事家（こうずか）とでも思われたか、村の手前までは車で行けるから、タクシーを手配しようかと尋ねられた。しかし断った。己の足で行かねば、生まれ育ったのとは別の場所に辿り着きそうな気がした。

村ははたして、そこにあった。

建物のほとんどは取り壊されるか、生い茂る植物に屋根を突き破られ朽（く）ち果てるかして、山に呑（の）み込まれかけてはいたが、たしかに清子の生まれた村だった。

垂れる汗を拭くことも、感傷に浸ることもせず、墓所へと足を向けた。

記憶の中のそれは、山の斜面にあった。山門を行き過ぎ、階段を覆った青草を踏みしだきながら上り切ると、昔と変わらず、一面に村人たちの墓が見渡せた。墓石は倒れたのも多かったが、廃村寸前の十数年前に建てたのだろうか、中には比較的新しく見えるものもあった。

墓のひとつひとつを見て回り、やがて見つけた。

記憶に残るのと同じ、周囲のそれよりもひとまわり大きな五輪塔（ごりんとう）であった。墓碑（ぼひ）もきちんと残っていた。

清子は墓碑に繁茂（はんも）した苔（こけ）を削（そ）ぎ、雨だれの汚れをブラウスの裾（すそ）でぬぐった。

刻まれた名は、先祖代々のものは風雨に長く曝（さら）され、もはや読み取ることはできなかった。判別できたのは、わずかに三つであった。

舅（しゅうと）と姑（しゅうとめ）――そして、丹羽明。

しかし清子の目を捉えたのは、その名ではなかった。

名の下の、その数字。

丹羽明。享年（きょうねん）、五十五歳。

蟬の声が、わんわんと耳の中で木霊（こだま）する。

晒（さら）した首元が、思い出したように、陽に焼けてひりひりと痛んだ。

どれくらいぼうっとしていたのか、ふと、頰に差した影に清子は顔を上げた。

「こんなところで倒れても、誰も助けちゃくれないよ」

その人は――いや、一匹の猫は、白い日傘を清子の方へ傾けた。

清子は緩慢に、長く連れ添ったその顔を振り仰いだ。

「せん。あの人は……あの時、死んだんじゃなかったの」

「そんな目で見るな。お察しの通り、私たちはお前に嘘を吐いた」

せんは、劣化の激しく、表紙の取れかかった一冊の日記帳を差し出した。確かめずとも、誰のものであるかわかった。「ここからだ」とせんが頁を繰るのももどかしく、引っ手繰るようにして読み始めた。

それはどうやら、回顧録らしかった。

『野営中、奇襲に遭う。小隊は山中で散り散りとなった。おれは塩崎という僚友と二人きりになり、幾日も密林を彷徨した。当初は帰ったら何が食いたい、おれはすき焼きが、おれは鰻がと零して互いを励まし合う元気もあったのだが、その内に二人共無言になった。砲撃音と、敵兵の影とに恐怖しながら歩き続けた。道中で飯盒も鉄帽も捨て、手榴弾も一つを残すのみとなった。以前よりマラリアに蝕まれた体が重くて堪らなく、とても持ってゆけなかった。

いずれ我々のどちらかに訪れる運命とわかっていたが、ついに塩崎が歩けなくなった。彼は巨樹に背を預け、木々の切れ目から覗く、暮れかけた不気味に赤い空を仰いで言った。「行ってください、丹羽さん」。おれは従わなかった。一晩、そこで夜を明かした。

目を覚ますと、塩崎はまだ息があったが、行ってください、と昨夜と同じ言葉を切れ切れの呼気で繰り返し、こう続けた。「手榴弾をくれませんか。僕は全部捨ててしまったのです」。おれはやはり、この言葉にも従わなかった。「おれももう持っていない」と嘘を言った。休めばまた歩けるようになるかもしれない、そうしたら追ってこいとおためごかしを吐き、塩崎の元を去った。目は合わせなかった。死臭を嗅ぎつけた目敏い蠅共が、目元をうろつくのを見るのが怖ろしかった。

歩を進めながら、なぜおれは、友の最後の望みすら聞き入れてやらなかったかと不思議に思った。己が果てねばならぬ時のため、譲りたくなかったか。友を殺すなど到底できぬと怖気づいたか。おれはまだ一人で行かねばならぬのに、余人が刹那の内に楽になるのが許し難かったか。そのいずれかをして、友を苦痛の内に置き去りにする理由に足るか。

塩崎の顔は見なかった。だというのに、その顔が眼前に浮かんだ。目には憎悪と軽蔑とが、くっきりと現れていた。「持っているくせに」と、蠅の止まった唇が動いた。

幻影から逃げるように、正確な方位もわからぬまま出鱈目に歩き続けた。体がばらばらに解け、今でも上体を載せていると信じ切った二本の足だけが、密林の中を行軍するかのようだった。おれは、おれが生きていると確信が持てなくなっていた。生きている夢をみているようだった。そうして何日彷徨ったかもわからなくなった頃、気を失って倒れ、俘虜となって終戦を迎えた。おれは願ったとおり、故郷の土を踏んだ。

けれど夢を見る。毎夜、夢を見る。おれはやはり、彼の地で死んだのだろう。今のおれは亡霊なのだろう。一度死んだ者は、生き返ることはない。亡霊は、生者に還らない。ならばおれという悪霊の元から、せめて清子を、解き放ってやらねばならない』

手記はそこで終わっていた。日記帳を閉じることができず、清子は経年で焼けた頁の上に連なる生真面目な夫の字を、じいと見つめた。

「明は帰ってきたが、帰ってこられなかった。自分でもう、どうにもできなかった」

手帳から視線を引き剥がすようにして顔を上げると、吹く風がせんの髪をなびかせていた。かすかに、汗の匂いがした。

「……説明して」

うん、と日傘を置くと、スカートが汚れるのにも頓着せず、せんは土の上にじかに腰を下ろした。

「明は五十五まで生きた。あの夜のことは、すべて化生が見せた夢だ」

「あれが、夢？　嘘だよ、だって私はあの人を殺して、池に沈めた」

「私が猫又と忘れたか？　人を化かすところを、清子だって何度も見ただろう」

清子は言葉を失った。足元がふらついて、五輪塔に手を置いた。

「鰻を食って、途中で明が放り出して、清子が明を突き飛ばした。ここまでは現実だ。だが明は生きていた。私と清子が池に沈めたのは、土間に転がってた板切れだ。清子は見事に化かされたんだ。いや、私としても一世一代の大化かしだったね。いつばれるかと肝が冷えた」

　せんはからからと高い声で笑った。しかし笑い声は長くは続かなかった。後にはただ、沈黙だけが残った。じーわじーわと鳴く蟬の声に、村の静寂は引き伸ばされていた。

　なんでそんなこと、と清子はようやく、息を吐き出すようにして言った。

「明は戦地から帰ってしばらくして、私にお前を連れて家を出るよう頼んだんだ。いずれは結婚していたことも、明の存在自体も忘れさせるようにと。このままでは清子は不幸な暮らしを強いられるし、たとえ自分が死んでも家に縛られるだろうと言って。私だって、すぐには頷かなかったさ。しばらくすれば、あれも元に戻るんじゃないかと思ってな。だが清子が殴られるのを見て、明はこうなることを怖れたのだと悟った。たとえいつかは良くなるのだとしても、その間にしたことが消えてなくなるわけじゃない」

「それなら、どうしてわけを話してくれなかったの。なんで、何もかも黙って」

「話して、納得したか？　おとなしく明の元を去ったか？」

清子はややあって、首を横に振った。

「……だから、殺したと思い込ませた？」

怒るなよ、とせんは口元を歪めた。

「明は、お前が夫を殺したように思い込ませろだとか、四百年も生きるようにしろだとか、そんなことを頼みはしなかった。ただ村から離れ、お前が心穏やかに生きることを望んだ。清子を人でなくしてしまったのは、私の勝手だ」

なぜ、と睨(にら)むと、せんはにやっと唇の端を持ち上げ、己の痣(あざ)を指差した。

「いちの額にも、これとおんなじ痣があった。私はいちが埋められてしまう前、きっとまた会おうと、その標(しるし)となるようにと、痣を舐(な)めた。明の家に居着くようになって、清子、お前を、その痣を見つけた時、私がどれだけ喜びに打ち震えたかわかるまいよ。

だから清子に突き飛ばされて明が頭から血を流した時、これは好機だと思い付いた。今思えば、魔に魅入(みい)られたんだ。明を殺したと思い込めば、清子はきっと助けを求める。夫殺しの負い目がある限り、共犯である私のそばを離れられない。今度こそずうっと一緒にいられる、とね」

清子は脱力して、丹羽の墓の前にへなへなと座り込んだ。しかし墓石に手を伸ばしても、手を握ってくれる者はない。日記帳を繰っても、記された文字以上のことは語られない。

結局、真実を知りたくば、今この場に立つ猫と言葉を交わすほかない。

「塩崎さんが岡山にいると知っていたから、私をあの土地へ連れていったの。……彼は生きていると、あの人には教えなかったの」

「いいや。勘違いするなよ、奴が存命と知った時には、明はもう死んでいたんだ。私は清子が塩崎の入院先に出入りするよう、ちょっとばかし細工しただけだ」

「どうしてそんなこと……これまでずっと、全部黙ってたのに」

さてね、とせんは猫じみた仕草で伸びをした。

「隠し事をするのにいいかげん疲れたのかもしれないし、黙ったままじゃあ、あんまり明が浮かばれないと思ったからかもしれない」

せんは何か、ひどく哀れなものを見るような目を清子に向けた。

「明は清子を好いていたよ。あんなになってしまっても、それは変わりなかった。だから化け猫に託してでも、己という怪物から逃がしたんだ」

「……うそだよ。私たち、結婚するまでろくに話したこともなかった。一緒にいたのだって、ほんのわずかな時間だった。好いてもらう理由なんか、何にもなかったよ」

惚れるのに言葉だの理由だのが必要なのは人間だけだ、とせんは猫の姿の時にそうするように手で頰をこすり、今は人の姿であることを思い出したようで、やめた。

「口止めはされたが、死んだ人間の言いつけを律儀に守ることもあるまい。もう時効だ、教えてやるよ。明は子供の頃からお前が好きだった。清子が田植えすると、誰より苗がまっすぐだと言った。ほっかむりから出た後れ毛が撥ねるのが、気になって仕方ないと言った。お前をのろまと言ってからかった同年の男を、殴り飛ばしてやりたいと言った。結婚を申し込んだ夜には、おれはとんだ卑怯者だと言って、座布団をかぶって呻いた」

清子は墓碑の上の明の名を撫でた。本当か、と問うように。

「私とお前が池に板切れを沈めている時、明もそこにいた。清子の目には姿は見えず、声も聞こえなかっただろうが、明はずっとお前に、すまん、すまない、と食いしばった歯の間から漏れる息で繰り返していた。だのにお前の手を握ること一つできなかった。溜池に入ってゆくお前を、抱いて引き留めることもできなかった。己の後を追おうとするのを、奥歯を噛んで見ているしかなかった。やがていよいよ村を離れるという時になって、明は叫んだ。『せん、どうか頼む、どうか清子に、真っ当な暮らしをさせてやってくれ』と。あいわかったと、私は尾っぽをかすかに振った」

しかし明も間抜けよなあ、山に迷い込んだ頃からちっとも変わらん、とせんは頬を窪ませた。

「なんで大事な女房を、化け猫なんぞに託すかね。人の道から外れて、真っ当な暮らしが望めるはずもないのに」

でも、と清子は、墓碑に刻まれた一つの名となった明に向かって言った。

「でも私たち、ちゃんと暮らしてきた。働いて、食べて、眠って。私たちなりに、真っ当に生きてきた」

清子は振り返り、せんを見た。ずっと共に暮らしてきた、猫を見た。

「せんは、あの人の願いをちゃんと聞き届けた。そうじゃないの？」

せんは虚を衝かれたように黙り込み、ややあって、二、三度頭を振った。そうじゃない、と否定するようにも、そうだ、と肯定するようにも取れる仕草だった。

「……清子。最後にこれだけは言っておく。明は幸福だった。そうでなかった時もあろうが、間違いなく、ある種の幸福、恍惚の中で死んだ。清子を守り通した、その事実一つが、明の人生のともしびだった。書いて寄越した手紙は、いつも『清子を頼む』と結ばれていた。私は……時々、時々だが、清子を化生にしたこと、少し悔いた。明はあと数百年、浄土でお前を待たないといけない」

清子は土の上に寝転がり、目を閉じた。懐かしい土の匂いがした。

「清子、お前、怒らないのか」

「怒ってる、たぶん。でも怒れないよ。あの人を殺してしまった時、どこかでほっとしてた。がたがた震えながら、ああ、やっとこれで終われるって思ってたから」

清子はせんの腰に腕を回した。服に顔を付けると、猫と人の入り混じった匂いがした。

「さて、これからどうする」

「どうするも何も、生きるしかないでしょ？　寿命が尽きるまで死ねないんだから」

「生きるにしても色々あるだろう。とうとう悪党の本性を現した私と離れる、とか。多くはないが、探せばほかにも猫又はいる。そいつらと旅路を共にしてもいいだろう」

「せんが私をこんなにしたんじゃない。途中で放り出さないでよ。それとも、昔の飼い主とおんなしなのは痣だけで、ほかはちっとも似てないから、嫌になった？」

清子を見下ろしたせんの口元が、ややあって、にやっと持ち上がった。

「そうだな。いちと清子は、ちっとも似ていなかった。痣に騙されたな」

清子は笑った。ずいぶん久しぶりに、笑った気がした。

「せん。寿命が尽きたら、あの人と、せんの昔の主人に会いに行こう」

「私が浄土へ行けるわけないさ。世の理から外れ、人を謀った罪がある」

「理から外れたのは私も同じじゃない。たとえ地獄に落ちても、二人で叫べば天にまで聞こえるかもしれない」

せんは眉上の痣に触れると、輪郭を溶かすようにして、猫の姿となった。

ほてほてと数歩進み出たかと思うと、眼下の村に向かって、ああ、と鳴いた。あああ、とせんが鳴くのに、清子も声を添わせた。無人の村に響く声は、二匹の猫のもののように耳に届いた。

声が嗄れた頃、せんは尾をぴんと立て、先に立って山へと歩き出した。

清子も立ち上がって追いかけ、せん、と呼びかけた。

しわがれたその声は「なああ」と鳴いたようにも、「せん」と言ったようにも聞こえた。

視界がやけに低いようにも、歩くやり方がいつもと違うようにも思われた。

いずれにしても、せんは満足げに喉を鳴らして答えた。清子、とその音は返事をしたのだとわかった。それがわかれば、ほかは些末なことだった。

清子はせんに並びかけ、己の尾を、せんのそれに絡めた。黒くて長い尾は、長年の連れ合いのように思うまま動き、これはなかなか良いものだな、と清子に思わせた。

二匹の猫は、街へ下りることなく、山へと分け入った。

残された無人の墓地に、白い日傘が、開かれたまま落ちている。

時折、連れ立った二匹の猫を山で見る。

山にいる猫は化生だから、呼びかけてはならないと、土地の人はいう。

ハケン飯友

猫のなつかしおやつ

椹野道流

ガチャッ……ガチャガチャ……。

玄関のほうから聞こえてきた「いつもの音」に、台所で洗い物をしていた僕は、またか、と小さく溜め息をついた。

壁の時計を見れば、時刻は午後七時前。

いつもより少し遅めだが、毎晩このくらいの時間帯にやってくる僕の友人、いや友達は、玄関扉の鍵を開けるのがちょっと下手なのだ。

そのうち慣れるだろうと思っていたのに、いっこうに慣れる気配がなく、いつも鍵を開けて、閉めて、開けて、閉めて、やっと開いていることに気づくといった有様である。

でも、扉を開けて入ってきてからは……。

「どうも旦那、こんばんは」

耳をそばだてていたはずなのに、すぐ横から声がして、僕は危うく飛び上がりそうになった。

そう、彼はまったく足音を立てず、気配を消して動くことができるのだ。

何故なら、彼は「猫」だから。

トラキチという名の彼は、大きな大きな、うんと長生きしている不思議な猫である。

もとは飼い猫だったらしいが、今は神社の境内で暮らし、ご祭神のお使いとして、人の姿になったり、人の言葉をしゃべったりする力を与えられている……のだそうだ。

　僕にとっても夢物語のような話だが、そもそも彼がここに来るのは、数年前、僕がその神社で「ご飯を一緒に食べてくれる友達がほしい」と願ったから。

　それをご祭神が聞き届けてくださって、トラキチを僕のところに通わせてくれるようになった。

　以前は、猫の姿で僕の家に来て、中に入ってから変身していたけれど、今は、気が向いたらこんな風に神社から人の姿で出発し、夕暮れどきの散歩を楽しみながら我が家へやってくる。合鍵だって、ちゃんと持たせてある。

　もはやトラキチは、単なる「飯友（めしとも）」ではなく、僕にとっては家族のような存在だ。

「こんばんは。ってか、いつもながら移動が速すぎないか、お前？　ワープとかしてる？」

　まんまと驚いたのを隠すために冗談めかしてそう言うと、いつものジャージ姿のトラキチは、得意げに胸を張った。

「ワープってのはアレでございましょ、あっちからこっちへシュッと飛ぶ」

「ま、まあ、そんなイメージ、かな？」

「そんなことをしなくったって、猫ってなぁ素早く動ける生き物なんですよ、旦那。ほら、どっちかってぇと、アレ。忍者」

「忍者か。なるほど。っていうか、忍者なんて知ってるの？」

トラキチは、ますます反らした胸を、自慢げに片手で叩いた。

「俺っち、長生きの猫ですからね。たいていの人間の知ってることは、見聞きして知ってますよ。忍者のことは、近所の馴染みの婆さんの家で、一緒にテレビを見て。ほら、何でしたっけ、『食いしん坊将軍』？　あれで見ました」

「食いしん坊じゃなかった気がするなあ、その番組名。でも、お前が物知りなのはよくわかったよ」

僕はクスクス笑いながら、最後のステンレスボウルを洗い終え、籠に伏せて置いて、タオルで手を拭いた。

トラキチは、反っくり返った大得意のポーズから直立に戻り、やや不思議そうに鼻をふんふんとうごめかせた。

「あれ、今夜はあまーい香りがしますね。アレですか、晩飯はケーキか何かですか？　俺っちは、別にそれでもいいですけど」

「まさか」

僕は苦笑いで冷蔵庫を開け、卵のパックを取りだした。

「今日は丼物(どんぶりもの)だから、お前が来てから作ろうと思ってさ。それまで時間があったから、クッキーを焼いてたんだよ。もうすぐ焼き上がるは」

ピピピピピピピ！

はず、と言い終える前に、冷蔵庫に磁石(じしゃく)でくっつけてあるキッチンタイマーが、元気のいい音を響かせた。

人間より耳がよく、電子音にちょっと弱いトラキチは、冷蔵庫からピョイッと横っ飛びして離れる。

「時間だ！　ちょっと離れてて」

トラキチが移動してきたところがオーブンの前なので、僕はそう言って、両手にオーブンミトンを嵌(は)めた。

何しろ祖父母が暮らしていた古い家を、一応、管理人として引き継いで以来、特にリフォームなどはしていない。

ガスコンロの下に設置されたオーブンも、昭和の遺産である。

がたつくハンドルを注意深く押し下げて扉を開くと、むわっとした熱気が僕の顔を包んだ。同時に、さっきトラキチが気づいた、焼き菓子独特の香ばしく甘い匂(にお)いが広がっていく。

「おおー、クッキー！」

従順に少し離れた場所からオーブンの中を覗き込み、トラキチは弾んだ声を上げた。

彼は、人の姿になったときだけ、人間の食べ物を何でも口にすることができる。

猫には本来禁忌の、チョコレートやタマネギも、このときばかりは平気らしい。

つまり、今である。

「飯友」として僕の家に来ているときの彼は、どんな食べ物にも興味を示し、貪欲に食べたがる。

ご祭神が彼を僕の「飯友」に任命したのは、彼の食いしん坊ぶりに気づいておられたからかもしれない。

「ああ、やっぱりちょっとこのオーブン、焼きムラが凄いな。次から、焼いてる最中に天板をいっぺん取りだして、向きを変えてやらなきゃ」

僕はちょっと焼き上がりに不満を抱きつつも、四角い天板を注意深くガスコンロの五徳の上に載せた。

シリコンのターナーを使って、こんがり焼き上がったクッキーを、注意深くケーキクーラーの上に移していく。

わずかに端っこが焦げ気味のもの、逆に焼き色が浅すぎるものが目立つ。ちょうどいい焼き具合のクッキーは、六割といったところだろうか。

まあ、自宅での初チャレンジとしては悪くない結果だ。

「丸ばっかしですね、旦那」

トラキチは、ちょっとガッカリした様子でそう言った。

彼がイメージするクッキーというのは、もしかしたら上等な缶に詰まっている、色々な形やフレーバーのものだったのかもしれない。

「まだ抜き型を持ってないんだから、仕方ないだろ。今日のは、型が要らないアイスボックスクッキーだよ」

オーブンの扉を閉めたので、もう安全と踏んだのだろう、トラキチは僕の隣に来て、不思議そうに首を傾げた。

「アイス……ボックス？　アイスクリームと、箱が何です？」

「あー、アイスクリームじゃなくてね、冷蔵庫で生地を冷やすんだ」

「へえ？」

「材料を合わせて、柔らかい生地を作って、それをコロコローっと転がして円柱状にして、ラップで包んで、冷蔵庫に入れる。冷やしてほどよく固くなったところで、輪切りにして焼くわけ」

「はあ、なるほど。だから全部丸っこいんですね」

「四角くもできるけど、丸がいちばん簡単だろ。今日は初チャレンジだから、いちばんベーシックな奴にしたんだ。……一枚だけなら食べていいよ？」

「おっ」

そう言ったが早いか、いちばん綺麗に焼けたクッキーが、それこそ宙を飛ぶ勢いで、トラキチの口に放り込まれる。

つまみ食いまで電光石火だ。

僕も、焦げ気味の一枚を証拠隠滅的に食べてみた。

「実は、小麦粉とバターが両方、賞味期限が迫っててさ。両方を消費すべく、クッキーを焼いてみたんだけど……うん、まあ、美味しいんじゃないかな」

焼きたてで、まだほの温かいクッキーはホロホロと歯を当ててるだけで崩れ、バターの香りとグラニュー糖の甘みがふわっと口に広がる。

勿論、プロが作る美しいクッキーにはとうていかなわないだろうが、家で作ったお菓子には、作りたてという決定的なアドバンテージがあるのだ。

トラキチは、一枚を食べ終えるなりもう一枚に手を伸ばし、いい咀嚼音を立てて味わった。

「うん、旨いですよ、旦那。旦那は飯だけじゃなくて、菓子作りも名人なんですねえ」

「おだてても何も出ないよ」

「本音ですって。だからもう一枚」

「だーめ。あとは食後にしろって。冷ましたほうがサクサク感が増すし、何より、お菓子は飯を食ってからってよく言うだろ。あ、猫の世界では言わないか」

僕の言葉に、トラキチはイタズラっぽく大きな目を光らせて、ニヤッとした。

「似たようなことは、昔の飼い主に言われましたねえ。おやつは飯の後って。どっちでも、食っちまえば一緒だろって思ったもんです」

「あはは、トラキチには、おやつでお腹が膨れて、ご飯が食べられないなんてことは、なさそうだもんね」

「ないっすね。はあ、しょうがないから、飯の支度をしますか！」

「しょうがないって言うなよな〜」

声音で軽い不満を表明しながらも、僕はご機嫌でケーキクーラーを調理台の隅っこに移動させ、天板を洗ってから、夕食作りを始める。

こんな風に、気兼ねのない軽口を叩ける相手が、僕はずっとほしかった。

トラキチが、飯友という本来の「お役目」を軽やかに飛び越えて、まるで僕の昔からの親友のように振る舞ってくれることが、僕には本当に嬉しい。

「今日は、駅前のお肉屋さんがお惣菜特売デーでさ。トンカツを買ってきたんだ。だから、カツ丼にするよ」

包みを開け、中からトンカツを二枚取りだしてまな板の上で切りながら、僕は振り返らずにトラキチに声を掛けた。

「マジでございますか！　そりゃ上出来ですね。でかした、とか言うんでしたっけ、こういうときは」

相変わらず上から褒めてくれるなあと半ば呆れつつも、悪い気はしない。

「殿様かよ」

短く突っ込んで、僕はフライパンにめんつゆを注ぎ入れた。

水でちょっと濃い目に希釈して、ガスの火を点ける。

大きなタマネギの半分を薄切りにしてフライパンに放り込む頃には、煮汁はもう沸騰しているし、タマネギもすぐ火が通る。

慌ただしく卵四つをボウルに割り入れてときほぐし、一口大に切り分けたカツをタマネギの上に並べて、少し煮汁を吸わせながら温め、最後に溶き卵を回しかけてフライパンに蓋をする。

卵に火が通ってふっくらしたら火を止め、ひと呼吸おいて蓋を取ると、盛大な湯気と共に、何とも言えない食欲をそそる匂いが立ちのぼった。

「匂いがもう旨そうでございますねえ」

感情が強くこもると、何故か語尾が馬鹿丁寧になってしまうトラキチが、いそいそと丼を二つ、持ってきてくれる。

炊きたてのご飯を炊飯器からよそい、その上にトンカツの卵とじをたっぷりの煮汁ごと盛りつければ、たちまちカツ丼が出来上がった。

それに前もって作っておいたかき玉汁とカボチャの煮付けを添えて、本日の夕食の完成である。

かつては祖父母が使っていた卓袱台に料理を並べ、僕たちは今夜も差し向かいで食事を始めた。

食事のお供は、毎朝、僕がやかんで煮出しておくそば茶だ。

「トラキチはスプーンだろ？　今日は僕もそうしようかな。ちょっとつゆだくにし過ぎたかも」

カツ丼を食べかけたものの、僕はすぐに箸を置き、スプーンを取りに立った。

丼物を作るとき、いつも悩むのは煮汁の量だ。

足りなすぎると、後半はただのごはんを漬け物と共にもさもさ食べる羽目になるので、つい多めに用意してしまう。

今日は少し多すぎたかもしれないが、トラキチはご機嫌で、スプーンで掬ったカツ丼を、ふうふうと忙しく吹き冷まして頬張っている。

「つゆだく？　ああ、汁気が多すぎるってことなんです？」

「そう。大丈夫？」

「旨いですよ。俺っちはこのくらいがいいです。食いやすいし」

そういう飾り気のない感想が、いちばん嬉しいし、安心もする。

「そっか。気が合うな。僕もこのくらいのほうが実は好き。けど、店じゃ、もっと控えめにしなきゃいけないけどね。ああ、そもそも店で丼物を出したことはないんだけどさ」

店というのは、僕が今、雇われ店長をしている「茶話　山猫軒」のことだ。

トラキチの住み処である叶木神社で倒れていた高齢女性を、トラキチが見つけ、僕が病院搬送に付き添ったことが縁で、その女性……沖守静さんが、僕を雇ってくれたのである。

まさに「情けは人のためならず」を絵に描いたような流れで、ちょっとよくしてもらい過ぎではあるのだけれど、雇われ店長兼ハウスキーパーとして、僕なりに一生懸命務めている。

ターシャ・テューダーを思わせる、古き良き時代の上品なご婦人である沖守さんは、穏やかな性格ながらこだわりは強く、自宅の設(しつら)えにも、「山猫軒」でお客様に出すメニューにも、はっきりしたポリシーがある。

喫茶(きっさ)であれ軽食であれ、上質な食材を、控えめな味付けで、よい器(うつわ)に綺麗に盛りつけて提供する。

それが、僕が店長になっていの一番に徹底して教え込まれたことだ。

それまでは、食品を広く取り扱う会社で、比較的安価な弁当のメニュー開発を担当していた僕としては、より安く、よりボリュームがあり、よりご飯が進むことを念頭において仕事をしていた。

方向性としてはまるで真逆なので戸惑いも大きかったが、今では、少しだけ自分の色を出して楽しめるようにもなってきた。

とはいえ、ランチは松花堂(しょうかどう)弁当仕立てが基本で、お客さんの希望に後押しされ、たまに麺類を取り入れることが許されるようになったばかりだ。

丼物を上品に作って沖守さんにプレゼンするには、まだ僕に知識と技術と工夫(くふう)が足りない。

たとえばカツ丼を、小さなお椀(わん)で、今日みたいな大きなロースカツではなく、脂身(あぶらみ)のほとんどないヒレカツをひとくちサイズに切って作る……なんてのは、アリの範囲だとは思う。

でも、その控えめなボリュームと、上品に薄い衣をまとわせたヒレカツでは、僕たちが今食べているカツ丼のやんちゃな感じがまったく出せないし、それはちょっとわびしいような気もするのだ。

もっともそれは、まだロースカツ、それも分厚い衣に甘辛(あまから)い煮汁がしっかり滲(にじ)みたものを美味(おい)しいと感じられる、僕の若さゆえの勝手なわびしさなのかもしれない。

「オコモリさんは、カツ丼嫌いなんです?」

トラキチは、ほっぺたが大きく膨らむほど大口でトンカツを頬張りながら、モゴモゴと不思議そうな口調で問いかけてくる。

僕は曖昧(あいまい)な角度で首を振った。

「いや、どうだろう。個人的な好みはわからないけど、店で出すにはちょっと……何ていうか、そう、わんぱく過ぎるって思ってるんじゃないかな。ほら、店のお客さん、高齢の方が多いからね」

「ああー、ジジイとババアにはちょっとボリューミー過ぎって感じですか」

「ボリューミーって、まあそうなんだけど、どこで覚えてくるのさ、そんな言葉。またテレビ？」

「や、放課後に神社のベンチでアイスやら菓子やら食って喋り散らしていく、女子高生がよく使ってるんで」

「ああ、なるほど」

「あいつら、俺っちを見ると喜ぶし、撫で回してくれるんで、まあ、気が向いたら接待してやることにしてるんですよ」

いくらお喋りしても足りない年頃の女の子たちの、賑やかなさえずり。それを聞きながら、拝殿の階段で丸くなって日なたぼっこしている猫の姿のトラキチを想像して、僕は思わず微笑み……かけて、慌てて顰めっ面を作った。

「っていうか、こら！　ジジイとかババアとか言わない！」

「おっと、こいつぁ失敬失敬。よく考えたら、俺っちのほうが、あいつらよりよっぽどジジイですもんねえ」

「あいつら、とかも言わない！」

「へいへい。旦那は厳しいなあ」

「最近は、そういうことに世間が厳しいんだから。猫でも気をつけなきゃ」

僕のお小言なんて、トラキチにとっては暖簾に腕押しもいいところだ。

涼しい顔で、今度はカボチャの煮付けを器用にスプーンで掬って口に放り込み、トラキチは「ん」と妙な顔をした。

「どうした？　カボチャ、味付けが変だった？」

僕も慌てて、カボチャを食べてみる。

以前は、煮汁がほとんどなくなるまで煮て、甘辛い味をかぼちゃにしっかりまとわせていたが、沖守さんのもとで働くようになり、徐々に淡い味付けも楽しめるようになってきた。

今日のカボチャは、たっぷりの汁で、薄味を煮含める感じに仕上げている、はずだ。

「特に、砂糖と塩を間違えるレベルのミスはないっていうか、普通に美味しいと思うんだけど？」

「あ、こいつは旨いです。肉ほどは好きじゃねえですけど」

「それは知ってる。じゃあ、なんで今、変な顔をしたの？」

旨いという感想が嘘でない証拠に、トラキチは二切れめのカボチャを口に入れてから、ジャージの肩をそびやかした。

「あ、いや、あれはカボチャと関係ねえんで」

「じゃあ、何？」

しっとり仕上げても、やはりかぼちゃは軽く喉につかえる感じがする。香ばしいそば茶で胃のほうへ押し流しながら訊ねると、トラキチは台所のほうを指さした。

「や、旦那、クッキーなんて小洒落たもんを作れるんなら、他の菓子も作れちまうんだろうか、とか、ちょいと考えちまって」

僕は苦笑いで首を捻る。

「クッキーなんて、特に小洒落てないだろ。さっきも言ったみたいに、小麦粉とバターがそろそろ賞味期限だったし、それに」

「それに？」

「ティータイムの飲み物にさ、今、希望する人には沖守さんお気に入りの店のクッキーを一枚か二枚、添えてるんだ。あれをいつか、手作りにできたらいいなと思ってて。今日のは試作」

「へえ！　買ってきたもんより、手作りのほうがいいんです？」

トラキチのツッコミは、ときに刃物より鋭い。

僕は軽くみぞおちを押さえて「ウッ」とダメージを自己申告しながら言い返した。

「痛いところを衝くなあ。確かに、パティシエが作ったクッキーのほうが、ずっと上質で凝(こ)ってて、美味しいかもしれない。正直、たぶん、そうだと思う」

「なら、今のままでいいんじゃねえですか？　なんでわざわざ旦那が作ろうとしてるんです？」

「そこはなあ……難しいとこだけど、『山猫軒』が、沖守さんがお気に入りのアイテムをお店で出して、お客さんをもてなす店なら、それでいいと思うんだよ」

「ふんふん？」

　トラキチは、食事を中断することなく、でもちゃんと耳を傾けてくれる。

「でも、僕が調理担当として店にいて、お客さんを飲食でおもてなしするなら、出来る限りは自分で作ったものをお出ししたいと思っちゃうんだ。それは、トラキチにとっては不思議なことかな？」

　トラキチはもぐもぐと何度か咀嚼(そしゃく)し、口の中のものを飲み下してから、さっきより小さく肩を竦(すく)めてみせた。

「わかんないことはねえですけど、俺っちなんかは怠(なま)け者だから、そこに旨(うめ)ぇもんがあるんなら、それでもういいと思っちまうほうですねえ」

「それは、怠け者じゃなくて、合理的っていうんだよ。僕のは、ただのこだわりなんだと思う。でもさ、手作りで焼きたてのクッキーって、ちょっと響きがよくない？」

トラキチはまたちょっと考えてから「あー」と、ちょっと大きめの声を出して、手を叩いた。

「さっきの奴ですね！　確かに、旦那があの熱々の部屋からクッキーを出してきたとき」

「熱々の部屋って……オーブンだよ」

「それ。クッキーの匂いがふわーっと鼻に来て、俺っちワクワクしましたよ。あの感じ？」

「そう、それ！　腕のなさを『家庭の味』なんて言葉で誤魔化すつもりはないけど、ほぼリアルタイムに、目の前の厨房で焼かれたお菓子、って、僕は何だかいいなと思うんだ。勿論、沖守さんの厳しいジャッジをクリアしなきゃいけないから、先行きは長いけどね」

トラキチは、チェシャ猫のような笑みを浮かべて、鼻の下を擦った。

「そういや旦那、こないだも、プリンしくじったー！　って言って、たくさん持って帰ってましたもんね」

僕は項垂れ、頭をかく。

「面目ない。電話応対をしてたら、蒸し器の火加減をしくじってさ。あのときも沖守さんに『これは、あなたがお持ちなさい。猫さんにいいお土産になるでしょう』って、静かに辛辣に言われちゃったっけ。滅茶苦茶反省した」

「ブツブツしてましたけど、旨かったですけどねえ」

「フォローしてくれてありがと。でもまあ、そんなミスさえなければ、カスタードプリンは自家製でお出しできるようになったし、シフォンケーキや季節のパウンドケーキも、日替わりで手作りできるようになった。少しずつ進歩してると思う」

「ふむふむ」

「クッキーはシンプルだから、逆に難しいのよって、沖守さんが言ってた。焼いてみて、しみじみそうだなって思ったよ」

「へえ？　材料まぜまぜしてコネコネして焼くだけじゃねえんです？」

「極論はそうだけど」

猫だからなのか、性格によるものなのか、トラキチは、単純化するのがとても上手だ。

つい考え過ぎて取り越し苦労する癖がある僕にとっては、見習うべき才能だけれど、こと料理に関してだけは、そうも言っていられない。何しろ、それが僕の仕事なのだから。

「たとえばどんな粉を使うか。全粒粉か薄力粉か、中力粉か、ちょっと強力粉を混ぜてみるのか、とか」

トラキチは、鼻筋にきゅっとシワを寄せる。人の顔をしているのに、たちまち猫っぽい表情になるのが面白い。

「何だかさっぱりわかんねえな。麦の粉じゃねえんです?」

「麦の粉にも色々あるの。あと、油脂をオイルにするかバターにするか、砂糖を上白糖にするかグラニュー糖にするか、三温糖にするか、キビ砂糖にするか……とか」

謎の呪文を唱えだした胡散臭い術士を前にしたような顔つきで、それでもトラキチは、一応、相づちのつもりか浅く頷いてくれる。

「中に何か入れるか、外にまぶすか、載っけるか……とか。生地の厚みとか、柔らかさとか、成形をどうするかとか、サイズはどのくらいかとか、焼き色のつけ具合とか、とにかく選択肢がいっぱいある。焼き上がったときの食感も、ご年配のお客さんが多いから、気になるところだな。山ほどある選択肢の中から、僕がそれなりに安定して上手に焼けて、持続可能な仕入れコストで、しかもどんな飲み物にも合うものを探さなきゃ」

「ほえー」

間の抜けたトラキチの声に、僕はハッとして謝った。

「ごめん。なんか語りすぎた。興味ないことを山ほどしゃべられてもウザいよね」

しかしトラキチは、むしろにやついた顔でこう返してきた。

「いやいや。俺っち、感心してたんですよ」

「感心? 何を?」

てしまう。

「いやあ、旦那も成長したなあって」

腕組みしたトラキチに、親か教師みたいなコメントを食らって、僕は目をパチクリさせ

「何だよ、それ」

「いやあ、だって初めてここに来た頃の旦那ときたら、モジモジウダウダ、いつも何かに遠慮(えんりょ)して、あんましハッキリものを言わなかったじゃねえですか」

「ウッ」

突然過ぎる、そしてあまりにも正確で容赦(ようしゃ)のない指摘に、僕は鼻白む。

「けど、オコモリさんの店で働き出して、旦那、ちょっとずつ変わってきましたよ。料理、好きなんすね」

「うん、まあ、仕事にしたくらいだから、好きだよ」

「好きなもんのことしゃべってる旦那は、なんか生き生きしてていいなって思います。別にウジウジねっとりしてんのが好きなんならそりゃ自由ですけど、今の旦那、前よりずっと楽しそうですからね」

「それはさ」

「それは?」

「それはその、沖守さんちで働くようになって、やり甲斐がどんどん大きくなっていって、僕自身の責任感が大きくなると同時に、頑張ったらちゃんと報われるようになってきたのがいいってところもあると思う……し」

「し？」

トラキチに面白そうに追及され、僕は大いに照れながら、できる限りの早口で打ち明けた。

「ほとんど毎日トラキチが来てくれて、一緒にご飯食べて、どうでもいいようなお喋りして、たまには一緒に出掛けて……それが、何より僕を元気にしてくれているんだと思うよ。思うよっていうか、そうなんだよ」

「おやおや！」

やけに元気よくそう言って、さっきまでのニヤニヤはどこへやら、トラキチは明後日の方向を向いて頭を掻く。

どうやら、僕に負けず劣らず、トラキチも照れているらしい。

「そいつぁ俺っちに言うより、神さんに伝えてくださいよ。そしたら俺っちになんかご褒美があるかもです」

そんなふてぶてしい台詞にも、そこはかとないはにかみが感じられて、何だか僕までくすぐったくなってしまう。

「わかった。そうする。あ、食事が終わったから、クッキー食べる？　熱いお茶でも……紅茶がいいかな、せっかくだから」

微妙な空気を払拭すべく、努めてさりげなくそう言って、僕は立ち上がった。

トラキチも、どこかホッとした様子で胡座を掻き直す。

「いっすね。アフタヌーン・ティーってやつでございましょ、それ」

「もう夜だよ」

混ぜっ返して台所へ行った僕は、お湯を沸かし、日頃あまり飲まない紅茶のティーバッグを探しまわってどうにか発見することに成功した。

大きめのマグカップに紅茶を注ぎ、牛乳をパックごと添えて、クッキーと共に卓袱台に運ぶ。

「簡素すぎるイブニング・ティーだね。そんなのが本場イギリスにあるのかどうか、僕は知らないけど」

熱いよ、とことわって、僕は自分とトラキチの前にマグカップを置いた。二人のちょうど中間地点に、クッキーを雑に盛り上げた皿を置く。

「紅茶に砂糖入れる？」

「旦那は？」

「甘いものを食べるときは、入れないでおこうかなと」

「へえ。そんじゃ、俺っちも真似っこしますよ」

そう言って、トラキチは紅茶にどぼどぼと牛乳を入れた。

猫だけに、彼はけっこうな猫舌なのだ。さっきのカツ丼も、揚げたて熱々のカツを使うより、お惣菜の冷えたカツのほうが、彼にとってはほどよき温かさで仕上がって具合がよかったようだ。

夕飯の後なので、そんなにムシャムシャ食べられるものではないが、それでも、一枚、二枚とつまむクッキーは、我ながら美味しい。

冷えて少し固くなった分、ソリッドな歯ごたえと、粉の風味がより強く感じられる。

トラキチは、一、二枚どころか既に五枚目をバリバリと噛み砕きながら、こう言った。

「旦那、これ旨いですけど、店で出すのはヤバくねえですか？　オコモリさんもですけど、店に来るババアたちの歯が砕けそうだ」

「こらっ！　二度目だけど、ババアって言わない！　大事なお客様だよ」

「大事でも大事じゃなくても、ババアはババアでございましょ」

「すぐ、ああ言えばこう言う……。いや確かに、大事なお客様じゃなくても、ババアって言っちゃ駄目だね。そこは反省する」

「そうそう。反省してください」

「お前もだよっ。まったくもう。とはいえ、確かにこれじゃ固すぎるな。次はもっと柔らかく焼いてみるよ。バターの量もだけど、生地を練りすぎたとか、色々原因はありそうだから」

そんなやり取りをしながらも、クッキーはいつの間にか、ゴッソリ減っていた。

まあ、ひとりで食べたらきっと太ってしまうから、トラキチに喜んで食べてもらえれば本望なのだが。

「次も俺っち、味見してあげますからね。あ、けど、他の菓子も、食ってみたいですねえ。店じゃなくても、ここで色んな菓子、作れるんですか、旦那」

僕は、うーんと鈍く頷く。

「まあ、ものによっては。古いけど、サイズだけは大きいオーブンもあるしね。凝った道具が必要なものでなければ、何とか作れると思うけど？」

それを聞くとたちまち、トラキチは目を輝かせた。

「だったら、アレ作ってくださいよ。アレ。あっ、でも名前を言ったら旦那がまた怒る」

僕は、ちょっと渋みが出てしまった紅茶に牛乳を足しながら、苦笑いした。

「なんでお菓子をリクエストされただけで、怒らなきゃいけないんだよ」

「だって、俺っちが食いたい菓子の名前が……」

「名前が？」

「ババアのなんとか」

本来ならば「また！」と窘めるべきだったのに、僕はうっかり笑い出してしまった。

「待って、そんな名前のお菓子、聞いたことがない……ああいや、アイスならあるか。秋田のババヘラアイス。おばさんやおばあさんが、綺麗なお花みたいに盛りつけてくれるアイス。まさか、それ？」

しかし、トラキチはきっぱりかぶりを振った。

「似たような名前な気がしますけど、アイスじゃねえです。大昔、俺っちが世話になってた家で、母親がガキどもに作ってやってたんですよ」

僕は、目をパチパチさせた。

トラキチの元の飼い主一家については、ときおり彼が語る短い思い出話で、断片的な情報を得ている。

おそらくは昭和の五十年代くらいだろうか。一軒家で暮らす、両親と子供たち。

どこにでもいる、絵に描いたような平凡で平和な暮らしは、ある夜、彼らが夜逃げしたことであっさりと終焉(しゅうえん)を迎えた。

ひとりぼっちで置き去りにされたトラキチが、それから神社に落ち着くまでどんな暮らしをしていたか、彼はほとんど語らない。

きっと、僕なんかには想像もできないような苦労があったはずだ。

でも、トラキチは自分を捨てた家族の話をするとき、決して恨みや憎しみを……少なくとも表に出さない。

それどころか、いつも、とても懐かしそうな遠い眼差(まなざ)しをして、彼らと過ごした平穏な日々の記憶を語る。むしろ、楽しげに。

最終的には不幸で理不尽な別れを強(し)いられても、トラキチにとっては、幼い彼を受け入れ守り育ててくれた人間の家族は、変わらず大切な存在なのだろう。

だから僕も、彼の元飼い主家族については、決してネガティブな言葉を使うまいと心に決めている。

「飼い主さんが手作りしてたおやつなんだね？　それが……その、ババア……？」

トラキチは、僕自身が「ババア」という言葉を発したことに安心した様子で、今度は元気に「そう、ババアのなんとか！」と繰り返す。

「尼(あま)さんのオナラ、なんていうお菓子がフランスかどっかにあったと思うんだけど、それに匹敵する変わったお菓子だなあ。本当にそんな名前？」

「ホントですって。『何とか』部分はよく覚えてねえですけど、ババアは絶対ババアですよ」

「あんまり連呼しない。癖になって、人前で悪気なく言っちゃうとよくないからね。でも、うーん。本当にそれなのか、よく似た響きの言葉なのか……にしたって、思い当たらないな。むしろ、形状からアタリをつけたほうがよさそう。どんなお菓子？」

　僕の問いかけに、トラキチは両手で輪っかを作ってみせる。

「こう、こういう形の……」

「ああ、なんだ、ドーナツ？」

「じゃ、ねえです。あんなにちっこくなくて、皿の上に、デデーン、て感じ」

　僕は、少し残っていた紅茶を飲み干して、まだほんのり温かいマグカップを両手で包み込みながら首を捻った。

「それってアレじゃないの、リング型で焼いたパウンドケーキ」

　しかしトラキチは、不満げにほっぺたを少し膨らませる。猫がよくやる表情だ。

「ちげーんですって。俺っちも近づかせてもらえなかったんで、どんなもんかはよくわかんねえんですけど、ケーキみたいにふかふかのブツブツって感じじゃねえんです。きつね色でもなかったし」

「ふーん。じゃあ、どんな色で、どんな表面？」

「ええっと……何にたとえりゃ、旦那にわかってもらえるんですかねえ」

なんだか、物わかりの悪い子に説明するような口調で悩まれて、僕もちょっと膨れっ面になったが、トラキチはそんなことを気にする様子もなく、考え考え、こう言った。

「骨？」

「待って。お菓子を骨にたとえるって、あんまりなくない？　お干菓子くらいなら、まあアリかもだけど、リングになってて、そこそこ大きいんだろ？」

「いや、骨ほど硬いかどうかは俺っちにはわかんねえですけど、色合いが……骨っぽい」

「つまり、白っぽいってことか。プリン？　パンナコッタ？」

「プリンは知ってます。パンダ？　とか言うのは知らないですけど、そんな名前じゃなかったっすね」

「何だろうね。家庭の主婦が、子育てや家事の合間に手作りできる感じのお菓子なんだろうから、そう作るのが難しいわけじゃなさそう」

「なんですかねえ。こう、あかーい汁を掛け回して、それをバスバスッと切り分けてもらって、ガキどもが大喜びで食ってるのが、俺っち、なんか羨ましくてねえ。ひとくち、食ってみたかったんですよね」

「何だか、聞いてる僕もちょっと食べたい感じだもの。トラキチの気持ち、よくわかるよ。でも、何だろうな。……うーん、あ、そうだ」

　ふと思いついて、僕はポンと手を叩いた。

「トラキチがそのお菓子を見た時代をたぶん知ってる人に訊いたほうが早いかも。今はあんまり一般的じゃないお菓子かもしれないし」

　トラキチも、すぐにそれが誰か思い当たったようで、うんうんと頷いた。

「オコモリさんっすね！　それは明案です。オコモリさんは立派なバ」

「こらっ」

「立派な……何て言えばいいんです？」

「うーん……人生の先輩、とか？」

「めんどくせえなあ。まあいいや、じゃあ、オコモリさんに訊いてわかったら、作ってくれます？」

「僕に作れるようなものならね」

「いやったーぃ！　やっとあの菓子、食える日が来るかもしれねえ」

　やけに嬉しそうにガッツポーズを決めるトラキチを、僕はなんだか胸がギュッとなるような思いで、ただ見つめていた。

「というわけで、トラキチが子ね……あ、いえ、子供の頃に、飼いぬ……じゃない、近所の子供が食べてた憧れのおやつなんですけど、心当たりがありますか？」

翌日、「茶話　山猫軒」に出勤した僕は、ランチの仕込みをしながら、オーナーであり、山猫軒が入っているお屋敷の主でもある沖守静さんに、事情をやんわりと話してみた。

トラキチと面識がある沖守さんだが、それは勿論（もちろん）、彼が人間の姿のときだけだ。正体が猫だなんてことは、一切知らない。事情や言葉をぼかして説明しなくてはならないので、ちょっとあたふたしてしまった。

でも、沖守さんはお店に飾る花を生けながら、おっとりした笑顔で耳を傾けてくれて、しばらく考えてから、こう言った。

「ババアのなんとか、ねえ」

そんな言葉ですら、沖守さんにかかるとなんだか上品ワードに聞こえてしまうから不思議だ。

「です。リング状で、大きめのお皿に載せられて、表面が骨みたいに白くて、赤い汁……っていうか、たぶんソースを掛け回して切り分けて食べる、みたいな。プリンかパンナコッタかと思ったんですけど、違うらしくて。あっ、ゼリーの類って可能性もありますかね」

僕がそう言うと、沖守さんは、ちょっとイタズラっぽい笑みを浮かべた。

「ふふ、それって、トラキチさんのお祖母さん、いいえ、きっと曾お祖母さん世代が作ったおやつじゃないかしら。何となく、わかった気がするわ」

「えっ、ホントですか？　何です？」

「教えて差し上げてもいいけれど……いいえ、やっぱり、私が作ってご馳走したいわね！」

いきなりの発言に、僕は茹でたほうれん草から水分を絞りかけたまま、固まる。沖守さんは、楚々としたマーガレットをバランス良く花瓶に挿しつつ、少女めいた笑顔で言った。

「昔、夫と子供によく作ってあげたものよ。年寄りにとっては、お洒落なおやつだったの。今夜、トラキチさんとあなたのご都合は如何かしら。よかったら、お夕食にいらっしゃいな。そのお菓子、デザートに出してあげましょう」

思いがけない展開だ。僕は恐縮したが、特に猫集会があるとも、神社のご祭神のご用事があるとも聞いていないから、トラキチはいつもどおり我が家で夕飯を食べるつもりだろう。特に問題はなさそうだ。

「いいんですか？」

「勿論よ！　何か理由をつけてはお二方をお招きしたいの」

一人暮らしの沖守さんだから、僕とトラキチが行くと、食卓が賑やかになって嬉しいと言ってくれる。その言葉に嘘がないことはよくわかっているので、お言葉に甘えることにした。

夕方、いったん帰宅して待っていると、いつものようにトラキチがやってきた。沖守さんにご招待を受けた、例のお菓子を手作りしてくれるらしいと話したら、トラキチはたちまち顔じゅうを輝かせる。

「やったじゃねえですか！　バ……じゃなくて、何でしたっけ」

「人生の先輩」

「それ！　パイセンのオコモリさんが作ってくれるんなら、きっと本式だ。楽しみですね、旦那！」

「パイセンって。ほんとにお前、語彙が不思議なほうにアップデートされてるよな」

「へへ、俺っちはいつも最先端の猫ですからね！　それより旦那、服、貸してくださいよ」

いつもジャージ姿のトラキチだが、やはりお招きのときは、少し改まった服装をしたほうがいいと思い始めたらしい。

たぶんそれは、僕の服を着て沖守邸を訪ねたとき、沖守さんに「今日はとってもかっこいいわ！」とベタ褒めされたのがきっかけだろう。

僕だって、そんなにいい服を持っているわけではないので、せいぜいTシャツとカジュアルなジャケットを貸すのが関の山だ。

それでもさすが猫、妙にスタイルと姿勢がいいトラキチが着ると、僕より遥かにかっこよく着こなされてしまってちょっと悔しい。

二人して似たような服装をして沖守邸を訪れたのは、午後七時過ぎだった。

「急なご招待を受けてくださって嬉しいわ！　さあ、勝手知ったる他人のダイニングルーム、お楽にして頂戴ね」

いつもの落ち着き払ったマダム然とした沖守さんは静かな貫禄があって素晴らしいけれど、こういうときに見せてくれる、かつての「お母さん」の顔を思わせる明るい、ちょっと可愛くさえある姿も、とても素敵だ。

「急だったんで、手ぶらで来ちまいましたよ」

「お前はいつだって手ぶらだろ！」

涼しい顔で嘯くトラキチの二の腕を軽く小突いてそう言った僕に、沖守さんはクスクスと笑った。

「いいのよ、気軽に来てくださるのが何よりだもの。今夜はあり合わせだけれど、デザートが本命なんだから、いいわよね。さ、掛けてちょうだい」

そう言って僕とトラキチをテーブルにつかせ、沖守さんがご馳走してくれたのは、昔懐かしいオムライスだった。

「こんなの作ったの、何十年ぶりかしら。上手く卵で巻けるかしらってドキドキしたけれど、なんとかなったわ」

自分の前には、うんと小振りなオムライスのお皿を置いて、沖守さんはうふふとはにかんだ笑い声を漏らした。

僕とトラキチの前に置かれたオムライスは、決してあからさまな大盛りではないけれど、一人前をちょっとはみ出すくらいの十分なボリュームだ。

卵は今どきのオムレツタイプではなく、薄焼き卵でご飯を巻くタイプ。

中のご飯は、バターライスだった。具材は、ハムとマッシュルーム、ピーマン、そしてタマネギと人参。いずれも見事なみじん切りになっている。

「息子に無理なく野菜を食べてもらおうと、若かった私が奮闘したメニューなの。さ、召し上がれ」

促され、僕たちは同時に「いただきます！」と挨拶して、スプーンを手にした。

卵の黄色に、たっぷりかけられたケチャップの赤が鮮やかで、食欲がそそられる。

オムライスの傍らに添えられた野菜サラダには、トマトやキュウリにまじって、茹でたモヤシにカレー粉でスパイシーに味付けしたものや、ホワイトアスパラの缶詰にマヨネーズをかけたものが含まれていて、それが何だかとても昭和っぽくクラシックでかっこいい。本物、という感じがする。

リアルに昭和を生きてきた人が自然に身につけているセンスは、レトロを気取ってみても、なかなか真似できないものだ。

しかも、ピリッと刺激のあるモヤシと、マヨネーズでさらにまろやかになった柔らかいアスパラを一緒に食べると、不思議に美味しいのだ。

オムライスも勿論だが、僕はこの野菜サラダに夢中になってしまった。うっかり、デザートのことを忘れるほどに。

沖守さんがどう言うかわからないが、いつか、店のランチメニューにこのサラダをアレンジして出したいと心から思った。

トラキチのほうは、猫の手にはやや苦手意識が抜けない箸でなく、最初からスプーンでもりもり食べられるのが嬉しかったらしく、うまいうまいと感想を述べる間も惜しい感じて、どんどん料理を平らげていく。

「そうそう、出来合いしかないけれど、汁物もあったほうがいいわね」と沖守さんが途中で出してくれた、どこかのホテルメイドのコーンスープも、とても美味しかった。

「トラキチさんは、お若いのに、何だか私と話が合うのよね。不思議だわ。きっと、レトロなものがお好きなのね？　おうちでも古いものを使ったりしてらっしゃるんじゃない？　お若い方に、昭和レトロが流行りだとテレビで見たわよ」

食事中、沖守さんがそんなことを言い出したので、それだけでも僕は肝が冷えた。

沖守さんは、トラキチが猫であることも、彼がうんと長生きしていることも知らないのだから。

しかし、当のトラキチは涼しい顔で「よくわかんねえなあ、そのレトロってやつ」なんて言い返したので、僕はさらに慌てた。

先に小さなオムライスを食べ終えていた沖守さんは、気を悪くする風もなく、むしろ面白そうに頬に片手を当てた。

「あら、そう？　昔のことをレトロって言うんじゃないの？」

「昔って、そもそも何なんですかね。昨日は今日より昔だし、一昨日は昨日より昔だし」

「あら、それはずいぶん昔になるのが早いわ」

「俺っちにとっては、昨日も一年前も、さほど変わんないです。一年前は昔なんです？」

「一年前は……まだちょっと早いかしら。五年、いえ、十年？　どう思う、坂井さん？」

　ちょっと困った顔の沖守さんに水を向けられて、僕は慌てたまんまで、それでもどうにか冷静を装って会話に加わる。

「そうですね。やっぱり十年ひと昔、なんて言葉があるから、十年単位ですかね」

「あら、そうね！」

　沖守さんはパッと明るい笑顔になり、トラキチは対照的に顰めっ面で腕組みをした。

「十年、ねえ。よくわかんねえですけど、時間なんてずーっと地続きなんだから、今だ昔だなんて、あんまし気にならねえです」

「トラキチさんは、何だか達観してらっしゃって面白いわ。そのままでいらして。とっても独特で素敵な感性だと思う。でも、レトロなおやつはどうかしら。お持ちするわね」

「あっ、手伝います」

　食事の準備は「座ってて」と言われてしまったが、さすがにデザートまで厚かましくお客様を通すのも申し訳ない。沖守さんに拒まれなかったので、僕は空いた食器をトレイに集めて下げ、食後のお茶の支度を引き受けることにした。

「デザートはテーブルに出すまで見ちゃ駄目よ。私のほうを見ないでね」

それが、沖守さんが僕をプライベートキッチンに入れるにあたっての条件だった。勿論、全力で守る。

僕は沖守さんのほうを一切見ないまま三人分の紅茶を淹れて、ダイニングテーブルに運んだ。

さすが沖守邸の紅茶は、香りからして違う。トラキチも、「今日のお茶は、いい匂いですねえ。昨日の十倍くらい」と悪気なく率直な感想を述べる。

「仕方ないだろ。昨日のは、茶葉もたぶん古かったし」

そんな言い訳を囁いていたら、背後から、大きめの皿を両手で持った沖守さんが、「じゃーん」と可愛すぎる自前の効果音と共に、慎重な足取りでやってきた。

テーブルの中央に置いたのは……大きなリング状の、白っぽくてつるんとしていて柔らかそうな……あれ、やっぱりパンナコッタ？

僕がそう言うより早く、沖守さんは秘密めかした口調で言った。

「ババアのなんとか、こと、ババロアです！」

「あー！　そうか！」

僕が思わず大きな声を上げたのと、トラキチが「あ、それ」と手を打ったのはほぼ同時だった。

そうか、ババロアか！　名前は知っていたけれど、食べる機会がほぼないので、思い浮かばなかった。

「今のお若い方は、あまり召し上がらないわよね。もっと凝ったデザートがいくらでもある世の中だし。でも、昭和の主婦にとっては、これはおうちで作れる、最高にお洒落なおやつだったのよ」

沖守さんはそう言って、「レトロもいいものでしょ？」とトラキチに微笑みかけた。

トラキチの金色の目は、テーブルに転げ落ちそうなくらい見開かれている。頬から飛び出す細い髭がピーンと広がって、彼の興奮がこちらにも伝わってきそうだ。

「これ！　これですよ、あのガキどもが食らってたやつ！　骨色で、輪っかで……なんか、牛乳っぽい匂いがしますね。あと、甘ったるい匂い。旨そう！」

鼻がいい猫だけに、感想が実に直裁的だ。

「赤い汁を掛け回すって聞いたから、たぶんこれじゃないかと思うのよ」

いったん台所に戻り、小さなピッチャーを持って戻ってきた沖守さんは、そう言いながら、ピッチャーの中身を白いババロアにまんべんなく掛けた。

なるほど、鮮やかな赤い液体の中に、赤い小さな塊が混じっている。

「イチゴですね！　イチゴジャム？」

僕がそう言うと、沖守さんは微笑んで頷いた。

「そう。イチゴジャムを水で薄めて、少しイチゴを潰して、仕上げにレモン汁を足したの」

「これ！　これですよオコモリさん！　ババアのババロア！」

「前半は要らないの！」

僕たちの言い合いに、沖守さんはますます可笑しそうにしながら、ケーキ用の可愛い陶製の柄がついたナイフを取り上げた。

「今夜は、私が作ったんだから、ババアのババロアで正解ね。さあ、大きく切り分けましょう。好きなだけ召し上がれ」

八等分に切り分けられたババロアからは、昔懐かしいバニラエッセンスの香りがした。

スプーンを入れてみると、思いのほかしっかりした弾力がある。

食べてみると、柔らかく、空気感がある。見た目は似ているが、つるっとしたパンナコッタとは、明らかに違う食感だ。しっかりした甘さに、苺ソースの酸味が調和して、とても美味しい。素直な家庭のおやつといった感じだ。

「うめえ。あれ、こんなに旨かったのか。固めた牛乳って感じ」

トラキチの感想は、本当にフランクだ。でもそれが、沖守さんには嬉しいらしい。

「そうね、材料は牛乳とお砂糖と卵黄。それに泡立てた生クリームとゼラチン。それだけよ。生クリームだけは、お店の冷蔵庫から拝借しちゃった。ごめんなさいね」

「ああ、いえいえ！　そうか、この空気感、生クリームを泡立てて合わせるんですね？」

僕がそう言うと、沖守さんは頷き、細い腕で力こぶを作るアクションをしてみせた。

「ええ、そうよ。電動泡立て器もあるけれど、今日は昔に戻った気持ちで、手で泡立ててみたの。意外とまだまだやれるものだわ」

「ええ？　明日、筋肉痛になりませんか？　大丈夫かな」

「なったら、明日、あなたに湿布を上手に貼ってもらうわ」

僕たちがそんな会話をしている間に、トラキチはペロリと一切れを食べ終え、「おかわり！」と、沖守さんに元気よく皿を突き出した。

「ええ、ええ。どんどん召し上がれ。うちの息子なんて、七歳でこれを丸ごと平らげて、夫と私を驚かせたものよ」

亡きご子息のことを笑顔で思い出しながら、沖守さんはケーキサーバーを優雅に使って、トラキチのお皿にババロアをそっと載せる。

その姿に、かつての幸せな家族の光景が一瞬重なって見えた気がして、僕は思わず目を擦った……。

なんだかんだ話が弾んでしまって、沖守邸を辞したのは、午後十時になろうとする時刻だった。

勿論(もちろん)、後片付けは僕とトラキチでやったけれど、沖守さん、ずいぶん喋(しゃべ)って、笑っていたから、疲れたのではないだろうか。

嬉しい疲れは、心の栄養……と、沖守さんはいつも言うけれど、明日は少し早めに出勤して、彼女の体調を確かめることにしよう。

そんなことを思いながら、人っ子ひとりいない静かな夜道を歩いていたら、トラキチは弾んだ声で言った。

「いやあ、旨かったっすね、ババアの……」

「ババロア」

「それ！　俺、あれならいくらでも食えますよ」

「ほとんど全部、食べちゃったもんな。でも、沖守さんが凄(すご)く嬉しそうな顔してた。息子さんのこととか、思い出したのかな」

「そうかも。俺っちも、昔の飼い主一家のガキどものこと、思い出しましたよ。あいつらも、旨そうにでっかいスプーン持って食ってたなあって」

街灯が、夜空を見上げてそう言ったトラキチの横顔をほんのり照らしている。

その精悍な顔に浮かんだ笑みは、さっき見た沖守さんの笑顔とよく似ていた。

ふたりとも、もう二度と会えない人たちを、温かな、優しい記憶で包み込んで、大切に心にしまっているのだ。

そう感じたら、僕の胸は、切なさでいっぱいになった。

何も言えずにいると、トラキチは僕のほうを見て、ゆっくり歩きながらこう続けた。

「旦那、俺っち、思うんですよ。夜逃げなんかしちまうくらいだ、きっとあの一家、あれから大変だったんだろうなって」

「……うん」

僕には、小さく相づちを打つことしかできない。

「けど、どっか俺っちの知らないとこで、元気に暮らせてりゃいい。あんときガキだった奴らも、もういい歳だろうけど、元気で生きてりゃいい」

「……もしかして、会いたいとか、思う？」

トラキチは、笑って即座にかぶりを振った。

「んなわけねえでしょ。俺っちを捨てた奴らですよ。まあ、ガキどもはそんなつもりはなかったでしょうけど」

「なかったと思う。あとでトラキチが一緒じゃないって知って、悲しんだんじゃない？」

「どうだか。猫のことなんざ、気にしていられるような暮らし向きじゃなかったでございましょ、きっと」

「……あー……」

「会いたいとかそんな気持ちはねえですけど、俺っち、それでも思うんですよ。あのガキどもが、夜逃げの後も、たまにはババロアが食えてりゃいいなって。がふがふ食って、俺っちが知ってる顔で、笑ってりゃいいなって」

「うん」

「そんで、俺もまた笑って、ときどきババロア食いたいです。あいつらのこと、思い出しながら」

　てらいなくそう言って、僕を見るトラキチの顔は、柔らかくほころんでいた。

「勿論だよ。沖守さんにレシピを教わったから、いつでも作る」

即座にそう答えたけれど、それだけでは足りない気がして。何かもっと伝えたい気がして。

　僕は半ば反射的に手を伸ばして、（人間の姿のときは）僕より少し背が高いトラキチの頭を、思いきりワシャワシャと撫(な)で、いや、搔(か)き回した。

「な、何ですよ旦那？」

「元の飼い主さんの代理。あのとき、ババロアの盗み食いを我慢して偉かった！　今、ババロアのこと、飼い主一家のこと、思い出してくれてありがとう。あと、これも。沖守さんと僕を嬉しい気持ちにさせてくれてありがとう」

何だそりゃ、とおどけてみせるトラキチのやや固い髪を撫で回しながら、僕は、自分の中でも、ババロアが「特別なおやつ」になったことを感じていた。

【初出一覧】

赤川次郎「吸血鬼に猫パンチ!」…集英社オレンジ文庫「吸血鬼に猫パンチ!」2024年7月刊
櫻いいよ「恋するぼくらは猫をかぶる」…書き下ろし
相川真「きぶねのおやまのおそろし質屋」…Cobalt 2016年3月号掲載「きぶねのおやまのおそろし質屋」を改稿
氏家仮名子「猫化生」…書き下ろし
椹野道流「ハケン飯友　猫のなつかしおやつ」…書き下ろし

※この作品はフィクションです。実在の人物・団体・事件などにはいっさい関係ありません。

集英社オレンジ文庫をお買い上げいただき、ありがとうございます。
ご意見・ご感想をお待ちしております。

●あて先
〒101-8050　東京都千代田区一ツ橋2-5-10
集英社オレンジ文庫編集部 気付
赤川次郎先生／椹野道流先生／櫻いいよ先生／
相川　真先生／氏家仮名子先生

猫びたりの日々

猫小説アンソロジー

集英社
オレンジ文庫

2024年12月24日　第1刷発行

著　者　赤川次郎
椹野道流
櫻いいよ
相川　真
氏家仮名子
発行者　今井孝昭
発行所　株式会社集英社
〒101-8050東京都千代田区一ツ橋2-5-10
電話【編集部】03-3230-6352
【読者係】03-3230-6080
【販売部】03-3230-6393（書店専用）
印刷所　TOPPAN株式会社

ISBN 978-4-08-680594-0 C0193